シナリオにない恋情

Akira
洸

CHARADE BUNKO

Illustration

香坂あきほ

CONTENTS

シナリオにない恋情

CHARADE BUNKO

プロローグ

それは、初めての衝撃だった。

中山陸斗《なかやまりくと》は夢中になって、一人の男を見つめていた。彼は映画館のスクリーンの中で、今まで見たこともないほどのオーラを放っている。

その名は、五十嵐大悟《いがらしだいご》。イケメン俳優として人気があるのを知ってはいたが、それまであまり興味がなかった。

テレビで見るのはバラエティばかりで、ほとんどドラマは見なかったし、彼が主演する映画を見たのも初めてである。

高校の同級生の女の子たちにもファンが多く、彼はデビュー当時からテレビや誌面を騒がせていた。だからなんとなくアイドルっぽい、いわゆる顔だけの役者のようなイメージがあったのに。

初めて登場した瞬間から、陸斗の目は彼に惹《ひ》きつけられ、彼の台詞《せりふ》に一喜一憂し、物語の中に引き込まれていく。

その誘惑の瞳《ひとみ》。

陸斗は相手役の女性と同じように魅了され、彼の魔力にかかったような気分になった。ただカッコいいとか、単に演技がうまいとかいう感じではなく、彼が作り出す世界に呑《の》まれてしまうような感覚。

映画を見て、こんなふうになったのは初めてのことだ。

陸斗は映画好きだったが、どちらかというと邦画より外国映画のほうが好きだった。仕掛けが派手だし、ストーリーもテンポが早くておもしろい。

今回はたまたまデートに誘った彼女が、どうしてもこれを見たいと言ったのだ。確か彼女も、五十嵐大悟のファンだったと思う。だから仕方なくつき合った。

ところが陸斗のほうが映画に夢中になり、隣に座っている彼女のことすら忘れてしまった。実際のところ、映画館を出たあとの陸斗は完全にうわの空で、彼女とはそのデートが最後になってしまった。

思わぬ結果になったのは、それだけではない。

陸斗にも好きな女優はいたし、気に入っている男優もいた。でも特に追っかけたりするわけではなく、その人が出ているなら見ようかな、と思う程度だ。

歌手やアイドルのファンになってのめり込んだ経験もなく、芸能人に対して自分は淡泊なほうだと思っていた。

ところが、その後陸斗は、五十嵐大悟が出ている映画やドラマを集めまくり、延々と見続けた。

役柄によって、彼はまるで違う人物に変化する。軽薄なプレイボーイでも、冷酷な悪人でも、彼が演じるとそのどれもがすごく魅力的になるのだ。

見れば見るほど、惹きつけられていく。すごい、と思った。俳優というのは、これほどの威力を持つものなのかと。

陸斗が芝居の道に入りたいと思ったのは、この時が初めてだった。

1

名前を呼ばれた時、陸斗は一瞬、目をつぶった。

深呼吸をして、心を落ち着ける。それから立ち上がり、ゆっくりドアに向かった。ドアを開け、中に足を踏み入れる。

その部屋は、思っていたより狭かった。すぐ正面に椅子《いす》と机が並び、男性四人に女性一人が並んで座っている。

その真ん中の人物に、目が固定されてしまった。

何度もスクリーンの中で見た、男らしくて端麗なその容姿。

じっと見られているだけなのに、肌がびりびりするようだ。ほかを圧倒する存在感。初めて間近に相対すると、その迫力は想像以上だった。

彼の右横にいた男性が、手元の資料に目を落としながら言った。

「ええと、中山陸斗くん？」

陸斗ははっとして、慌てて頭を下げた。

「はい、そうです。よろしくお願いします」

「じゃあ、始めて」

「はい」

陸斗は一度顔を伏せ、ふうっと息を吐いた。今は余計なことを考えている場合じゃない。雑念を追い払い、集中しなければ。

目の前に座っている人物のことは忘れるのだ。彼らはここにはいない。なぜなら陸斗は今、好きな女性の部屋にいるから。

彼女が帰ってくるのを、ちょっといらいらしながら待っている。

顔を上げた時、陸斗は渡された台本の中の人物になっていた。


オーディションを終えた陸斗は、どっぷりと落ち込んだ。

せっかくのチャンスだったのに。部屋に入ったとたん、ぼうっとしてしまうなんて。変な奴だと思われたに違いない。

その記事を見た時、陸斗は即座にオーディションを受ける決意をした。五十嵐大悟が撮る新作映画に、新人を起用する、という記事。

経験を問わず、主演俳優を一般公募することなど、滅多にあるものではない。それも、五十嵐が監督をする映画である。

　彼が俳優から監督に転身した時、まわりの反応はまちまちだった。当時の彼はまだ三十歳になる手前で、役者としてかなり期待されていた。監督と主演を兼ねるならともかく、彼が演じないことを惜しむ声は多かった。

　でも彼の初監督作品は、高い評価を受けた。興行的にもかなりの成績を上げたヒット作となったのだ。

　五十嵐は新進気鋭の映画監督として、その才能が演技だけではないことを見せつけたのである。

　その彼の新作なのだから、出演したいと思う俳優は山ほどいるに違いない。でも陸斗にとっては、さらに特別な意味があった。

　あの、高校三年になったばかりの春。

　五十嵐大悟が主演する映画を見た時に、陸斗の人生は変わってしまった。

　陸斗の容姿は女性に受けがよく、けっこうもてていた。ファッション誌のモデルになれそうとか、芸能界に入ればいいのにとか、お世辞を言われたりしたものだ。街でスカウトに声をかけられたこともある。

　でもそういう世界に、陸斗は少しも興味がなかった。ましてや、役者になろうなどと考えたこともない。

あの映画を、陸斗は何度も見た。ロードショー中には映画館に通い詰め、DVDになると即座に買った。

見るほどに彼の演技に惹きつけられ、どうしても、自分でも何か演じてみたくなってしまったのだ。

普通の文学部を受験するつもりだった陸斗は、いきなり方向転換し、演劇科のある大学をめざし始めた。

両親には大反対されたが、陸斗はゆずらなかった。駄目なら大学には行かず、バイトしながら演劇の勉強をするつもりだという決心を聞くと、ついに両親も折れた。

なんとか無事に入学した大学では、基礎中の基礎である発声練習から、熱心に取り組んだ。そこで講師として教えに来ていた舞台演出家の木戸《きど》と出会い、目をかけてもらった。

二年間の学科を終えて卒業したあと、木戸が主催する劇団に入ることができたのは、すごく幸運だったと思う。同じ演劇科で学んだ仲間たちの中で、劇団やテレビ関係など、演劇関係の仕事に就けたのは、ほんの一握りだったから。

それからまた二年。劇団ではまだ端役だが、台詞をもらって舞台を踏むこともできた。今回のオーディションを受けることを木戸に相談してみたところ、何事も経験だ、と許可ももらった。

話を聞いた先輩劇団員には、失笑されてしまったが。

自分が役者として、まだ未熟なのは自覚している。正直なところ、駄目もとだという気はあった。

でもあの五十嵐大悟に、自分の演技を見てもらえるチャンスを逃す手はない。すぐに詳細を問い合わせて応募すると、書類選考に通ったのだ。

今日は二次選考で、その場で渡された台本の台詞を覚え込み、審査員の前で演じてみせる、という実技試験だった。

陸斗がこういうオーディションを受けるのは初めてである。だから演じるのはもっと広い舞台のような場所で、審査する人は遠い客席から見るのかと思っていた。

それが、あんな近くにいるものだとは。

いきなり五十嵐大悟を目の当たりにしたら頭が真っ白になり、身体《からだ》が動かなくなってしまった。

憧《あこが》れの人に会った女の子みたいな反応をして、我ながら情けない。

彼が俳優として映画に出るわけではなく監督をやると知った時、陸斗はがっかりしたものだ。実のところ、陸斗の人生を変えたあの映画が、彼の最後の主演映画になった。

主演した男女二人が、その年の日本アカデミー賞の主演女優賞と主演男優賞の両方を取って話題になった映画だが、騒がれたのは別の理由もある。

賞を取った数日後、その主演女優の桂木《かつらぎ》麻耶《まや》が、自殺したからだ。

映画の中で桂木は、五十嵐に身も心も奪われる一途《いちず》な女の役を演じていた。彼の言うままに罪を犯したあげく、最後には精神に破綻《はたん》をきたして自殺してしまう。

まさに映画の結末と同じような状況に、マスコミは飛びついた。撮影中に恋仲となった五十嵐大悟との痴情のもつれか、というようなスキャンダルが巻き起こり、彼のイメージが大幅にダウンしたのは否めない。

とはいえ、マスコミはすぐ別の話題に移っていくし、彼ほどの俳優なら悪い噂《うわさ》も逆手に取って役柄に生かすこともできただろう。

だが彼は映画監督として復帰し、それから役者の仕事はしていない。

五十嵐大悟の演技が見られなくなってしまったのは残念だが、陸斗にとって彼の私生活は関係なかった。

問題は俳優としての実力であり、その意味で彼は陸斗の理想型なのだ。

いつか彼のレベルまで追いつき、いずれは追い越したい。まわりには無理だと笑われても、目標は大きいほうがいいではないか。

夢に近づいていると思えば、毎日の稽古《けいこ》も苦にならないというものだ。

だからこそ、今回のチャンスに闘志を燃やしていたのに。五十嵐は結局、ひと言も発しなかった。

ただ黙って座っていただけの彼に、すっかり呑まれてしまったとは。これでは、彼に追いつくどころの話ではない。

彼に自分はどう見えたのだろう。厳しい批判でもなんでもいいから、何か言葉を聞きたかったと思う。

陸斗が知っているのは、役を演じている時の五十嵐である。時には恐ろしいほど冷徹な男で、時には陽気で優しい男。

インタビュー記事なども読んでも、話しているのは仕事のことばかりで、彼はあまり自分のことは語らない。

今まで私生活を含めた彼本人のことはあまり気にしたことがなかったが、本物の彼はどういう人間なのだろうか。

初めて陸斗は、生身の五十嵐大悟という人間のことを考えた。

じっと見つめていた、あの印象的な鋭い目。

オーディション会場をあとにしてからも、その眼差《まなざ》しが肌に残っているようで、なかなか脳裏から消えない。

街はもうすっかり春で、うららかな日差しが降り注いでいた。最後の桜が風に舞い、夏の足音が近づいている。

撮影は暑い季節になるらしい。五十嵐はどんなふうに指揮をとるのだろう。映画の現場も暑いのだろうか。

その熱を自分も感じたい、と強烈に思う。

陸斗がオーディションに受かったことを知ったのは、その数日後のことだった。


初めての顔合わせは、クランクインの一ヶ月前だった。

出演者が一堂に会して、台本の読み合わせをするのだ。舞台でやる芝居の場合は最初の稽古がこの本読みだが、聞いた話だと映画でやるのは珍しいという。

これは五十嵐の意向で、撮影前に全員のイメージを統一させるためらしい。ほかのキャストは予定が詰まっているので、本読みをするのは今日一日だけだ。

撮影するシーンは前後するから、台本通りに全編を通しでやるのは、これが最初で最後になるのだろう。

陸斗は緊張を隠せなかった。なにしろテレビで見ていたような俳優たちと、仕事仲間として会うのである。

陸斗の相手役を演じるのは日比野美保《ひびのみほ》。陸斗より五歳年上の二十七歳で、映画やドラマで活躍中の女優だ。

初めて日比野に挨拶《あいさつ》した時は、さすがにどぎまぎしてしまった。モデル上がりの彼女はその美貌《びぼう》もさることながら、セクシーでミステリアスな魅力を持つ。

陸斗の役どころは、美しい年上の人妻に魅《み》せられ、翻弄《ほんろう》されて、精神的に追い詰められていくというものだ。

日比野には確かに『魔性の女』という雰囲気があり、役にぴったりだと思う。そのほかも実績のあるメンバーばかりで、経験がたいしてないのは陸斗だけである。

でも、誰にでも最初の時というのはあるものだ。ここは覚悟を決めて、度胸を見せるしかないだろう。

新人らしく率先して全員に挨拶する。みんな穏やかに歓迎してくれて、ほっとしていた時に、五十嵐大悟が入ってきた。

彼が現れた瞬間、部屋のムードが一変する。

彼より年上の俳優たちにも緊張が走ったようだった。その圧倒的な存在感を感じているのは、陸斗だけではないのだろう。

「私が五十嵐大悟だ」

彼はよく通る、明瞭《めいりょう》な声で言った。

「これからよろしく頼む」

それから、一人一人の顔に目を当てていく。彼と目が合った瞬間、陸斗の背筋に電流が走った。日比野に挨拶してどぎまぎした時とは違う、奇妙な痺《しび》れ。

だが彼の視線は特に留《とど》まることもなく、すぐ隣の人に移っていく。

陸斗は自分の反応に舌打ちしたくなった。確かに憧れで目標とする人物ではあるが、いつまでも呑まれているわけにはいかない。

本読みが始まると、余計なことを考える余裕はなくなった。全員が一瞬にしてそれぞれの役になり、淀《よど》みなく台詞が流れていく。

ほかのキャストに気圧《けお》されないよう、陸斗は必死でついていった。

五十嵐は特に批判も感想も述べなかった。具体的なことは言わず、互いに対する距離感だけを示し、役者たち自身にキャラクターの方向性を固めさせていく。

陸斗は自分の役に没頭しようとしたが、頭の片隅ではどうしても、五十嵐の視線を意識しないではいられなかった。


すべてが終わって解散になった時、陸斗はぐったりしていた。かつてないほどの緊張と興奮。でも不思議な高揚感がある。

五十嵐の押しつけがましくない、的確な指導。彼の自信に満ちた穏やかな態度には、信頼できるものを感じた。ほかのメンバーも同じらしく、なんとなく団結力が強まった気がする。

さらに一流と言われる役者たちとのかけ合いは、陸斗をぞくぞくさせた。よく考えてみると、舞台芝居なら本番まで何度も稽古ができるが、映画撮影ではそんなにリハーサルなどできない。

カメラがまわり始めれば、すぐその役になりきらなければならないのだ。

彼らはみんな、もうかなり役を作り込んでいる。陸斗も台本を渡されてから何度も読み通したが、もっと稽古をしなければ。

挨拶をして帰ろうとしていると、五十嵐が近づいてきた。彼が傍《そば》に来るだけで、またも奇妙な震えが身体に走る。

いったい自分はどうしたのだろう。本物の彼が目の前にいることに、慣れていないだけなのだろうか。

この先しょっちゅう会うことになるのだから、いい加減、おかしな反応はしないようにしなければ。五十嵐に変に思われてしまう。

動揺を押し隠し、陸斗は頭を下げた。

「お疲れ様です」

「中山くん、だったな」

「はい」

「君にちょっと話がある」

陸斗は驚いた。ほかのキャストはもう帰ってしまったので、声をかけられたのは自分だけらしい。

「このあと何か予定があるか？」

「いえ、大丈夫です」

「俺はこれからスタッフと打ち合わせがあるから、終わるまで待っててくれ」

「わかりました」

五十嵐はふと考えるような顔をした。

「どうせだからその間、演技の練習でもしてもらうか」

「あ、はい、何をすれば…」

「そうだな、木になってみてくれ」

「木って、植物の木ですか？」

「当たり前だ。ちゃんと木の気持ちになってみろ。じゃあ、よろしく」

軽く手をあげて歩み去る彼を、陸斗はぼうっと見送った。

今日は出演するキャストと共に、映画のスタッフも集まっている。クランクインまで、監督はかなり忙しいはずだ。その彼がわざわざ陸斗に話があるというのだから、何か大事なことかもしれない。

隣の部屋で彼らが会議を始めると、陸斗はあまり目立たない場所でまっすぐ立ってみた。

木になる？　どういうことだろう。あの五十嵐がやれと言ったのだ。何か深い意味があるのかも。

そういえば、海外の演劇学校ではそういう無機物になる訓練をする、と聞いたことがある。陸斗は真面目《まじめ》に考えた。

何年も、何百年も、同じ場所に立ち続ける木。春には新芽を出し、夏は木陰を作り、冬には葉を散らす。

陸斗は目をつぶり、少し腕を広げ、静かに息をした。木の気持ち？　木は何を考えているのだろう。いや、植物なのだから、何も考えてないはずだ。

頭を真っ白にして、心を無にする。これは集中力の訓練だろうか。

陸斗はひたすらじっと立ち続け、なんとか木になろうとした。

「おい」

肩を揺すられ、陸斗ははっとした。目蓋《まぶた》を開くと五十嵐がいて、呆《あき》れたような目を向けていた。

「何をぼうっとしてる？」

陸斗は目を瞬《またた》き、まわりを見まわした。隣の部屋もすでに誰もいない。どれくらい動かずにこうしていたのだろう。

「監督が木になれと…」

五十嵐が口元を引き上げた。

「なんだ、本気にしたのか？」

「え…」

「木の気持ちなんかわかるわけないだろう」

「………」

からかわれたことを知って、陸斗は憮然《ぶぜん》としてしまった。言われてみればその通りだが、真面目に考えた自分が馬鹿みたいではないか。

思っていたより、彼は意地の悪い人間だったらしい。

「だがまあ、木の精の気持ちならわかるかもな」

「は？」

またなんの冗談かと思って見つめると、彼はすっと腕をあげた。

「ずっとそこにいるだけで、声をかけることも、触れることもできない。何年もただ、通り過ぎていく人を見守り続ける」

彼は切ないような温かい表情を浮かべ、腕を枝のように広げてみせた。

「幼い時には遊び場となり、雨宿りのための枝を広げ、成長したその子が失恋して木陰で泣く時は、慰めるように葉を揺らす」

彼が腕を揺らした瞬間、その指の先に緑の葉が見えた気がした。彼の姿が青々と葉を茂らせた木とだぶって見えて、陸斗は思わず目を擦る。

彼が腕を下ろすと同時に、その幻想はかき消えた。

ごくっと陸斗は唾《つば》を呑み込んだ。彼のすごさは想像以上だ。彼は本当に、『木になる』ことすらできるのだろう。

五十嵐の表情が一瞬にして冷たく厳しいものに切り替わり、陸斗を見据えた。

「それで、今日のアレはなんだ?」

「は…?」

「台詞はただ読めばいいってものじゃない。あれなら、コンピューターの自動音声のほうがまだマシだ」

「な…」

思わず絶句してしまう。

皮肉っぽく唇を歪《ゆが》めた五十嵐は、ちょっと前までの穏やかで温かそうな人間とはまるで違う。あまりに侮蔑的な言い方に背筋が冷えた。

「劇団にいるそうだが、そのカワイイ顔だけで役をもらってるのか?」

さすがにむっとして、陸斗は彼を睨《にら》んだ。

「俺の演技に不満があるなら、さっきそう言えばよかったでしょう」

「あまりにヘタすぎて何も言う気になれない」

かあっと頭に血が上る。

「オーディションで俺を選んだのはそっちじゃないですか」

「そうだ」

五十嵐が陸斗の顎《あご》をつかみ、顔を上向けさせた。

「お前を選んだのは、ごく普通だったからだ。今回の役は手垢《てあか》のついてない、どこにでもいるような普通の男が欲しかった」

陸斗はショックを受けて固まった。つまり、なんの特徴も目立つところもないから、選ばれたということか。

まるで魅力がない、と言われたようなものだ。オーディションでの演技を見て、自分を評価してくれたのかと思っていたのに。

「だが、ずっと普通のままでは困る」

つかんだ顎を引き寄せ、五十嵐が顔を近づけた。

「恋したことはないのか？　誰かに身も心も奪われた経験は？」

彼の端麗な顔を目の前にして、陸斗の心臓がどきりと鳴った。馬鹿にされているのに、目が惹きつけられてしまう。

罪深そうな、冷たいその瞳。

はからずも頬《ほお》が熱くなるのを感じ、慌てて彼の手を振り払った。

「恋愛経験ぐらいあります」

彼から一歩離れ、なんとか気を落ち着けようとした。

「それがあなたになんの関係が?」

「主人公は平凡な生活を送る、おとなしい青年だった。それが一人の女と出会ったことで、大きく運命が狂っていく」

「わかってます」

すでに台本なら何度も読んでいる。陸斗が演じる藤井浩介《ふじいこうすけ》という男は、たまたま出会った美貌の人妻を愛してしまう。

彼女に翻弄され、罠《わな》にはまり、破滅への道を進んでしまうのだ。

「自分でもどうしようもなく好きになり、まわりの何も目に入らず、恋に溺《おぼ》れていく男の気持ちがお前にわかるのか?」

五十嵐の問いは、陸斗の痛いところを突いていた。

陸斗は学生時代から、何人かの女の子とつき合ってきた。自慢ではないが、彼女を作るのに苦労したことはない。

よく電話番号やメールアドレスを聞かれるし、呼び出されて告白されたりもした。学校で一番かわいい、と評判の女の子を彼女にした時は、友人たちにうらやましがられたものである。

　初体験は十六歳で、そんなに遅いほうではないだろう。でも、映画やドラマのように熱烈な恋愛をした、とは思えない。

　いつも好きだと言われてつき合うが、あまり長続きしないのだ。

　相手の女の子をかわいいと思ったし、一緒に出かけるのも楽しかった。でも、『どうしようもなく好き』というのとは違った気がする。

　実際のところ、しばらくするとなんとなく連絡が滞り、自然消滅したりした。相手もたぶん陸斗の外見に惹かれただけで、さほど真剣ではなかったのだろう。

　物語のような『運命の恋』など、そうそうあるものではないし、普通はこんなものだろう、くらいに思っていた。

　大学にいた頃も同じ演劇科の女性とつき合ったりしたが、第一に考えていたのは演劇のことだったので、さほど真剣な関係にはならなかった。

　今ではたまに、気楽な相手と夜を過ごす程度である。

　藤井浩介のような恋をしたかと聞かれれば、答えは否だ。でもだからといって、演じられないというわけではない。

　陸斗は五十嵐の目を見返して言った。

「確かに俺は人妻を好きになったことも、恋に溺れたこともありません。でも人を殺した経験がなくても、殺人者の役はできるでしょう。あなただって、頭がよくて証拠を残さない、連続殺人犯の役をやったじゃないですか」

　五十嵐は口元だけで笑った。

「半人前が偉そうなことを言うものだ」

　ぐっと言葉に詰まってしまう。

「それにしても、あんな昔の話をよく覚えているな。あれは俺がデビュー当時に出たミステリーだろう」

「それは、その、たまたま見てて…」

　陸斗はわずかに赤くなってしまった。彼の出演作を集めまくったとは、とても言えない。彼に憧れている単なるファンだと思われるのは嫌だった。

　デビューした頃からもう彼には独特の雰囲気があり、女性を次々と殺す犯人だというのに、ひどく魅力的だった。

　自分が女だったら、すすんで彼の毒牙にかかってしまうと思えるほど。

　ありがたいことに、五十嵐はそれ以上言及しなかった。代わりにふうっと息を吐き、軽く肩をすくめてみせた。

「仕方ない。クランクインまで、俺が稽古をつけてやる」

「え…」

陸斗は自分の耳を疑った。彼が自分に演技指導をしてくれるということだろうか。監督自らが直接に？

「は、はい」

「誰かを心から好きになる気持ちがわかれば、自然と演じられるようになるだろう」

「あと一ヶ月しかないぞ。ついてこられるか？」

「はい！　よろしくお願いします」

ヘタすぎて見かねただけなのだとしても、あの五十嵐大悟に教えてもらえるのだ。こんな機会は滅多にないだろう。陸斗は深々と頭を下げていた。

2

「本気じゃないですよね？」

陸斗は思わず聞き返していた。

五十嵐に稽古をつけてやる、と言われてから三日後。陸斗は呼び出されて彼のマンションに向かった。

彼の家に招かれる、という事態に、陸斗はかなり興奮していた。彼の映画を見ていた時は、そんなことを想像したこともない。

でも、招待されたお客気分で浮かれている場合じゃない、と自分を戒めた。これは稽古のためなのだから。

彼は忙しいので、自宅に戻った時くらいしか時間が取れないのだろう。彼のプライベートを潰《つぶ》してしまうのを申し訳ないと思いながらも、期待が膨らむのは止められなかった。役者として目標とする人物に、直接教えてもらえるのだ。期待するなというほうが無理である。

陸斗は当然、劇団でしていた稽古のようなものを思い浮かべていた。木戸がしてくれたように、台詞や演技の指導をしてくれるはずだと。

　だが五十嵐は、いきなりこう言った。

「俺を誘惑してみろ」

　その意味を頭が理解するのにしばらくかかり、また冗談だと思った。木になれ、と言った時のように。

　だから聞き返したのだが、五十嵐は不快そうに顔をしかめた。

「俺が忙しい時間を割いて、わざわざ冗談を言うと思うか？」

「では、本気であなたを誘惑しろと？」

「そうだ」

「なんでそんなことを…」

「経験がなくても演じられる、と言ったのはお前だ。それなら、俺を相手に演じてみせろ。心から俺に惚《ほ》れた男の役をな」

「でも、あなたは男性だし…」

「恋っていうのは、不可解なものだ。好きになってしまえば、相手が人妻だろうと、同性だろうと、関係なくなってしまう。お前は条件がいい相手しか好きになれないのか？」

「それは…」

　彼の言っていることはわかる。でも、人妻に恋するのと同性に恋するのでは、ただ条件が違うだけ、という問題ではない気がする。

「どうした？　これができないようなら、今回の役を演じるのも無理だろうな。撮影を延ばしてでも、別の役者を探すしかないか」

陸斗はがばっと顔を上げた。

「それくらい、できます！」

「じゃあ、やってみろ」

勢いで同意したものの、つい確認してしまう。

「あの、今、ここでですか？」

「当たり前だ」

心の中でうめいてしまう。

五十嵐を誘惑する？　彼を相手に、いったいどうすればいいというのか。

だが、そうだ、ゲイの男性の役をやる、と考えればいいのだ。自分がゲイなら、五十嵐はかなり魅力的な相手に違いない。

同性を好きになった場合、まずは何をするだろう。

相手が女性だったなら、最初はお茶とか夕食に誘う。送っていくついでにムードが盛り上がれば、キスぐらいまでいける。

そのあとは、相手の態度次第、というところだ。部屋に入れてくれればオーケーということで、頃合いを見てベッドへ行けばいい。

こんなふうに部屋に二人でいる状況で、男性を誘惑するには？　性的な誘いを仕掛ける、ということだろうか。

頭の中に五十嵐と自分が抱き合う姿が浮かび、くらくらしてしまった。

いや、待て、そうじゃない。陸斗は慌てて頭に浮かんだ映像を打ち切った。実際に何かするわけではなく、そういう雰囲気に持ち込めばいいだけだ。

ゲイの男が、好きな男を誘惑するシーンを演じるのだから。

でも、なぜだろう。すでに役柄に入り込んでいるのか、身体が熱くなってくる。想像した姿に嫌悪感どころか、あまり嫌だという気もしない。

彼はゆったりとソファに座り、陸斗を見つめていた。肌をじりじりと焦がす、鋭い眼差し。何か、喉《のど》が渇くような感覚がする。

ずっと映像の中にいただけの彼が、自分の目の前にいる。その彼に恋人みたいに触れて、愛を囁《ささや》く？

それは奇妙な熱を伴い、痺れるような興奮をもたらした。

「何をぼうっと突っ立っている？　さっさと始めろ」

陸斗は覚悟を決め、彼のほうに近づいていった。座っている彼の目の前に立ち、そっと呼んでみる。

「監督…」

五十嵐が陸斗を見上げ、眉《まゆ》をひそめた。

「そう呼ばれただけで、完璧《かんぺき》に萎《な》えるな」

「ええと、じゃあ、五十嵐さん…?」

「俺に聞くな。どうするかは自分で考えろ」

陸斗は舌で唇を湿らせてから、口に出した。

「大悟さん…」

そう呼んだ瞬間、身体が震えた。

心臓がどくどくと脈打ち、思考回路がショートし始める。言うべき台詞が何も頭に浮かんでこない。

「大悟さん」

どうすればいいかわからないまま、再び呼んだ。

そろそろと、彼に向かって手を伸ばす。指が彼の頬に触れたとたん、びくっとしてしまった。どこか現実感が失われていて、本当に触れられる気がしていなかったのだ。

まるで夢の中にいるようだった。でも触れても彼は消えることなく、座ったまま動かずそこにいる。

衝動に突き動かされ、陸斗は熱心に彼の顔を探った。

頬を撫《な》で上げ、耳の上から髪に指をくぐらせる。くしゃくしゃと髪を乱す感触を楽しんだあと、男らしい鼻梁《びりょう》をたどり、唇に触れた。

この唇が、女優とキスするところを何度も見た。

愛《いと》しさをこめたキス。激情にかられたキス。何かの策略のために奪うキス。どんな役の時も変わらないのは、重ねた唇がひどく官能的だったということだ。

何度か指でなぞっているうちに、たまらない気持ちになってきた。確かめてみたい。この唇の感触を。

気がついた時には顔を倒し、自分の唇で触れていた。

確かめるように軽く触れ合わせ、ゆっくり彼の唇を覆う。そうするともっと触れたくなって、さらに唇を押しつけた。

これは、キスだ。

あの五十嵐大悟とキスしている。

事実が頭に浸透してくるにつれ、ますます身体が暴走を始めた。腕を彼の首に巻きつけ、もっと深く欲しくなる。

唇を開いて舌を差し入れると、彼が中に引き入れ、銜《くわ》え込んでくれた。

「んっ…」

何も考えられなかった。熱に呑み込まれ、息をすることさえ忘れてしまう。

ようやく唇が離れた時、陸斗は彼の膝《ひざ》に乗り上げたような格好で、首にすがったまま荒い息をついていた。

「おい」

ひどく冷静な声に我に返る。はっとして顔を上げると、五十嵐の呆れたような目にぶつかった。

「くどきもせずにキスするのが、お前のやり方か？」

「あ…」

「いきなり男にキスされれば、普通は殴り飛ばすぞ」

かあっと赤くなり、陸斗は彼から飛び離れた。

「これは、そのっ…」

呆然《ぼうぜん》として、言葉が出てこない。

何をやっているのだろう。彼に触れた瞬間、頭が真っ白になってしまった。いくら誘惑するといっても、実際にキスするつもりなどなかったのに。

唇を重ねたのは、ほとんど無意識の行動だった。あの時点で拒否してくれれば、正気に戻ってやめたはずである。

でも彼が応《こた》えるように舌を絡めてきたから、止まらなくなってしまった。

あんなに夢中になったキスは、初めてだ。彼の唇は思いのほかやわらかく、想像していた通りに官能的で…。

またも思考が変なほうに流れていく。陸斗は急いで修正を試みた。

いや、あれは本当のキスじゃなく、ただの演技にすぎない。指導の一環として、彼は殴らずに応えてくれたのだろう。

陸斗だって、誘惑しろと言うから、やったまでのことだ。

とはいえ相手にその気がない場合は、いきなりキスなんかしたらむしろ逆効果で、確かに殴り飛ばされてもおかしくはない。だが『色仕掛け』という方法もあるではないか。そうだ、そういうことにしよう。

陸斗はなんとか気持ちを落ち着け、言いわけを試みた。

「キ、キスで誘惑される場合もあるでしょう」

「そんなにキスがうまいつもりか？　たいした自信だな」

ぐっと詰まりつつも言い返す。

「ゲイ同士のシチュエーションでやってみたまでです」

「ゲイであれなんであれ、心が伴わなければ意味がないだろう。俺は好きになった相手を落としてみろと言ったんだ。ただ寝ればいいってわけじゃない」

「う…」

そう言われると、反論できなかった。『誘惑する』イコール『セックスする』と考えるのは、短絡すぎただろうか。

思い返せば、いつも相手に好きだと言われてからつき合ったため、デートのあとにそういう雰囲気に持ち込むのもさほど苦労しなかった。

誰かと別れても割とすぐ次の相手が見つかったので、自分から告白したこともないし、必死でくどいたこともない。

相手から連絡がこなくなっても、特に追いかけようともしなかった。

本当に彼女たちのことが好きでつき合っていたのかどうか、疑問に思えてくる。実は最終的にセックスするためだけだった？　特に意識したことはなかったが、三回目のデートくらいでいいかな、とか考えていたのは事実だ。

ベッドに連れ込む努力はしても、好きでいてもらう努力をあまりしたとは思えない。長続きしなかったのも当然だろう。

気楽に寝るだけの相手と、恋人だと思っていた相手との違いはなんだった？

自分の恋愛感覚が不安になってくる。そういう薄っぺらなところを、五十嵐は見抜いたのかもしれない。

大見得を切ってしまったが、誰かを心底好きになって恋に溺れる男の役など、陸斗にできるのだろうか。

何も言えずにうつむいていると、五十嵐がふうっと息を吐いた。突っ立っていた陸斗の手を引き寄せ、自分の隣に座らせる。

「まだ初日だ。そう落ち込むな」

初めてかけられた優しい言葉に、思わず顔を上げていた。驚いたことに、彼は微笑を浮かべている。

実物に会ってから、彼がこんなふうに笑ってくれたことはない。その温かな表情に、陸斗の心臓がどきりと鳴った。

「それに、お前のキスは悪くない」

ますます驚いて、陸斗の声が裏返った。

「そ、そうですか？」

「それほど慣れてなさそうなところも、俺の好みだ」

「え…」

彼が陸斗の顎に指をかけ、顔を覗《のぞ》き込んでくる。

「お前はかわいいな」

「あの…」

「仕事抜きで、俺のものにしたくなる」

じっと彼に見つめられ、陸斗はどうしていいかわからなくなった。これは、どういうことだろう。

まさか五十嵐が本気で自分を…？　だからこんな稽古をしてるとか…。

「もう一度、お前にキスしたい」

かつて映画の中で見た、誘惑の瞳。

その目が、自分に向けられることがあるなんて。

吸い込まれそうな感覚がして、彼の視線に捕らわれたまま動けない。ぞくぞくしたものが背筋を駆け上がり、再び身体が熱くなってくる。

心臓の鼓動は狂ったように早鐘を打ち、全身の血が逆流するようだ。

「お前を、俺のものにしていいか？」

「あ…」

彼の端麗な顔が近づいてくる。指は軽く添えられているだけなのに、そこから逃れることができない。

逃れたいかどうかもわからなかった。

近づいてくる顔がぼやけ、息がかかる。思わず目を閉じようとした瞬間に、五十嵐の声が聞こえた。

「誘惑するというのは、こうやるんだ」

陸斗はぎょっとして飛び離れた。

「か、監督…！」

「好きだという気持ちを信じさせてみろ。言葉だけで相手を勃《た》たせられたら、誘惑は成功だ」

「な、なに…」

五十嵐が陸斗の下半身を見て、にやっとする。

「別に恥ずかしがることはない。この俺にくどかれたんだ。それくらいの反応は当然だろう」

「こ、これは違っ…」

「トイレは貸してやる」

「けっこうです！」

陸斗は真っ赤になって立ち上がった。

「今日はこれで失礼します！」

「なんだ、もう尻尾《しっぽ》巻いて逃げるのか？」

にやにやする五十嵐をぎっと睨む。

「いえ、コツは教えていただいたので、態勢を立て直してまた来ます」

「次の時までに、もうちょっとマシなくどき方を考えておけ」

「言われなくてもわかってます！　せいぜい首を洗って待っててください」

陸斗は捨て台詞を置いて、足早にドアへ向かった。

彼の押し殺した笑い声が聞こえる。何か言葉の使い方を間違えたような気はするが、戻って修正する気は起こらなかった。


自分のアパートに逃げ帰った陸斗は、即座にシャワーを浴びた。わざと冷水にしたのに、なかなか頭は冷えなかった。

まずいことに、身体のほうも。

信じられない。五十嵐に微笑《ほほえ》まれ、ちょっとそれらしい言葉を言われただけで、ほんの一瞬でも彼が自分に気があるように思ってしまうとは。

我ながら情けない。

普通に考えればわかることである。あんな言葉は、ただの演技に決まっているではないか。

彼が本気で陸斗をくどくはずがない。

あの誘惑の目は、相手を思うように操るためのものだ。何度も映画の中で見ていたのに。

もちろん彼は、その威力を知っているのだろう。

まんまと乗せられた自分に腹が立つ。

しかも、あんなことで反応してしまうなんて。帰りの電車の中では気になって、ジャケットで前を隠さなければならなかった。

彼がほくそ笑んでいる姿が目に浮かぶ。生身の彼が、あんなに自信過剰で嫌みな男だったとは。

こんなに腹が立っているのに、どうして治まらないのだろう。彼のことを考えれば考えるほど、どうにもならなくなってくる。

陸斗はとうとう我慢できなくなり、自分のものに手を添えた。

「くっ…」

思い浮かべたくないのに、彼の姿が脳裏にちらついた。

初めて触れた、本物の五十嵐大悟の顔。指でたどった端麗な鼻梁。そして、あの唇。自分の唇で確かめずにはいられないような…。

「う…っ」

彼のキスと舌の感触を思い出したとたん、陸斗は達してしまった。

自分の手を呆然と見下ろし、慌ててシャワーで洗い流した。なんてことだろう。キスなんて、今さら興奮するようなものでもないはずなのに。

でも、あんなキスは初めてだった。

頭の芯《しん》が痺れて、全身が熱に呑み込まれてしまうような…。

陸斗は頭を振って、おかしくなっていく思考を追い払った。これは全部、五十嵐に『誘惑しろ』などと言われたせいで、混乱しているからに違いない。

なにしろ、彼に『心底惚れている』役をやらなければならないのだから。少しぐらい、役柄と現実がごっちゃになるのは仕方ないだろう。

今は余計なことを考えている場合ではない。彼をうまく誘惑できなければ、役を降ろされてしまう。この際、彼の演技も参考にしなければ。

『俺のものにしていいか？』

五十嵐のくどき文句がよみがえり、またも身体が熱くなってしまった。

いや、これは、アダルトビデオを見て興奮するのと同じことだ。演じているのが誰であれ、シチュエーションによって興奮させられる。

要は、彼を『勃たせる』ようなことを言えばいいのだ。

陸斗はあまり役に立たないシャワーを止めた。身体の外側は冷えているのだが、内側はまだ熱い。

あの五十嵐をこんなふうに熱くさせられるのか、さすがに少々自信がなかった。

3

「あなたが好きです」

陸斗は心をこめて打ち明けた。

「こんなこと、言うべきじゃないのはわかってます。でもどうしても、あなたを想《おも》う気持ちを止められなくて…」

語尾を消え入らせ、じっと見つめる。前回と同じようにソファに座ったままの五十嵐が、目の前に立って告白する陸斗の顔を見上げていた。

再び訪れた五十嵐のマンション。彼からの呼び出しがあるまで、陸斗はいろいろとリサーチを行った。

ゲイのサイトも覗いてみたし、恋愛映画を見たり、ロマンス小説を読んだりもした。

結果として選んだのが、『真っ向勝負』である。五十嵐がやったような『誘惑』は、陸斗には無理だろう。

年季と迫力が違いすぎる。

それに、上辺だけの手練手管は通用しないに違いない。だいたい彼には山ほど女性ファンがいて、もてまくっていたはずだ。

誘いをかけてくる相手だって、いくらでもいただろう。実際のところ、何人かの女優と噂になっていた。

彼が相手をしてきた美女たちに、陸斗が対抗できるとは思えない。それならば、オーソドックスにまっすぐぶつかるしかない、と考えたのである。

好きになってしまった男性に、心を打ち明ける。それは女性相手に告白するより、勇気がいるはずだ。

不安と恐れと、わずかな期待。

少し潤んだ目で見つめる先で、彼が口元を引き上げた。

「それで、お前は俺に何を望む？」

「え…」

「俺にしてほしいことはないのか？」

わずかに震えてしまったのは、演技とは言えない。一瞬、彼とのキスが頭に浮かんでしまったからだ。

心の中で自分を叱責しながら、力なく首を振る。

「俺はただ、気持ちを知ってほしかったんです。それ以上を望むのは、無理だと思っていたから。だってあなたはスターで、監督だし…」

「いいから言ってみろ」

陸斗はごくりと唾を呑み込んだ。

「俺は、あなたのことを知りたい。俺のことも知ってほしい。あなたの傍にいたいんです」

「つまり、俺とつき合いたいということか?」

「は、はい…」

「では、ちゃんとそう言え」

「どうか俺と、つき合ってください」

口に出すと同時に、頭を下げていた。

顔が赤くなっているのがわかる。自分で告白するのは初めてではあるが、今時、高校生だってこんな台詞は言わないのではないだろうか。

でも、こういう初々《ういうい》しさが意外と受けるかも…、などと考えていると、頭上から声が聞こえた。

「それで、俺がお前とつき合うメリットはなんだ?」

陸斗は慌てて顔を上げた。

「メリット…ですか?」

「お前が俺とつき合うメリットは十分だ。この先、いい役をもらえるかもしれないし、金まわりもよくなる」

陸斗はむっとして言い返した。

「俺はコネで役をもらおうとは思わないし、お金もいりません」

「本当か？　役者として、どんなコネを使っても役が欲しいとは思わないのか？」

「欲しいものは自分で手に入れます」

「世の中は、綺麗事《きれいごと》では成り立たない。きっかけはどうあれ、重要なのは結果だ。実力さえあれば、チャンスをものにできるだろう。それとも自信がないだけか？」

揶揄《やゆ》するように言う。陸斗は少々迷ってしまった。これはテストなのだろうか。役者としての意気込みを試すための？

陸斗だって、木戸がいたからこそ、あの劇団の入団テストを受けた。大学で目をかけてもらっていたから、ほかのテスト生より有利だとわかっていたのだ。

上をめざすなら、どんなことでもする覚悟がいる。五十嵐とこうしているのも、そのためではないか。

でもここは、違う自分にならなければ。打算も何もなく、ただ彼を好きなだけの男に。

陸斗は首を振って口を開いた。

「確かに、俺だってチャンスは欲しい。でも、そのためにあなたへの気持ちを利用しようとは思いません」

「俺が誰だが関係なく、好きだと言うのか？」

「俺は、あなたが好きなだけです」

「じゃあ、それを証明してみせろ」

「証明…？」

　陸斗は目を瞬いた。

「どうやって証明すればいいんでしょう」

「自分で考えろ。証明できれば信じてやる」

「えーと…」

　そこで陸斗は詰まってしまった。

　思いついたのは、身体を投げ出す、ということぐらいだ。でもそれでは、前回と同じになってしまう。

　言葉だけで誘惑するのに、その言葉を証明する？　将来的に役も金も要求しない、という態度で証明できるかもしれないが、それでは時間がかかりすぎる。

　神様や仏様に誓ったところで、疑いは晴れないだろう。数学の問題でもあるまいし、この場で気持ちを証明することなんて不可能なのでは。

　ぐるぐるしていると、五十嵐が口元を引き上げた。

「そこで黙ったら、せっかくの告白が台無しだな」

「う…」

陸斗は恨めしげな視線を向けた。

「仕方ないですよ。だいたい、いくら言葉で言っても信じてもらえないんじゃ、くどきようがないじゃないですか」

「本当に好きなら、信じてほしいと切望するはずだ」

五十嵐がいきなり立ち上がった。驚いて後ろにさがる陸斗を引き留めるように、すっと頬に手をやる。

「お前が信じてくれるまで、何度でも言う。何度でも抱きしめる」

一瞬にして立場が逆転し、陸斗は激しい男の情熱にさらされていた。彼の全身からすさまじい熱が放射されている。

自分を切望する相手に、追い詰められているような感覚。はからずも、わずかに足が震えてしまう。

目を合わせたまま、彼がさらに身体を近づけた。

「一生かかってもかまわない。いつか必ず、お前にもわかる。俺がどれほどお前を愛しているかが」

怖いほど真剣で、灼《や》かれてしまいそうに熱い瞳。陸斗の心臓がどくどくと脈打ち、震えは足から背筋を駆け上る。

「俺を信じられなくても、これだけは忘れるな」

頬に添えた手が首の後ろにまわり、顔を引き寄せられた。触れるほど近くに唇を寄せ、官能的な声が囁く。

「お前は俺のものだ」

「あ…」

がくっと膝が崩れ、陸斗は床にへたり込んでいた。

「おい…」

さすがに驚いたらしく、五十嵐が腰を屈《かが》めて顔を覗いた。

「この程度で腰が抜けたのか?」

「ち、違っ…」

陸斗は手で顔を隠した。

信じられない。耳元で囁かれたとたん、膝から力が抜けてしまった。心臓は勝手に跳ねまわっているわ、身体は火照っているわ、足はすっかり萎えている。

今回はこれが芝居で、演技指導の一環だとわかっているのに。

いったい自分はどうしてしまったのだろう。どんなにすごいアダルトビデオを見たって、こんなふうにはならない。あまりにみっともなさすぎる。

頭上で五十嵐の溜息《ためいき》が聞こえた。

「いつまで床に座ってるつもりだ」

顔を上げられずにいると、彼が腕をつかんで引き立たせた。軽く支えるようにして、ソファに座らされる。

五十嵐は隣に座り、なだめるようにぽんぽんと頭をたたいた。

「まさか、童貞ってわけじゃないだろうな」

「違います！」

怒りを感じたせいで、ようやく身体に力が戻ってきた。これでもけっこう女性にもてるほうだったのだ。

経験だってそれなりにある。

「だいたい卑怯《ひきよう》じゃないですか。言葉だけで誘惑するんでしょう。それをあんなふうに…」

「耳元で囁いただけだが」

「俺は、耳が弱いんです！」

今まであまり意識したことはなかったが、たぶん耳は弱点だったのだ。そうだ、そうに違いない。

「耳への刺激が駄目なだけで、深い意味はありません」

力説する陸斗に、五十嵐が喉の奥で笑った。

「そういうことにしておいてやろう」

「事実ですから」

妙に感じてしまう場所、というのは誰にでもあるはずだ。彼のくどき文句のせいだけではない、と思いたい。

「まあ、相手の弱みを突くのも誘惑の手段だ」

陸斗は上目遣いで彼の顔を見た。

「監督の弱みはなんですか？」

「それを教えたら稽古にならないだろう」

「ヒントくらいくれてもいいのに」

ぶつぶつ言っていると、五十嵐が皮肉っぽく唇を歪めた。

「頭だけで考えた言葉では、男は勃たない」

視線が下に向く。

「お前はそうでもないらしいが」

さっきのことで反応してしまったのを指摘され、かあっと顔が赤くなる。

「こ、これは、耳のせいで…」

慌てて立ち上がろうとすると、腕をつかんで引き留められていた。

「今日もそのまま帰るつもりか？」

「どうしようと俺の勝手です」

「前回はお前が車じゃないのを思い出して、少々心配したからな。あの状態で電車に乗って、痴漢に間違われたりしたら、映画に影響する」

「そんなことにはなりません！」

「ともかく、治まってから帰れ。トイレでやるのが嫌なら手伝ってやろうか？」

「な、何言って…」

意味がよくわからないでいるうちに、彼の手が軽くそこに触れる。身体がびくっと跳ね上がり、陸斗はパニックになってしまった。

「やめてください…！」

「これは俺のせいでもあるからな。さっきの続きをやってるとでも思え」

「で、でも、やるのは言葉だけだって…」

「勃っちまったもんは仕方ないだろう。抜いてやるだけだから気にするな」

気にするなと言われても、気にしないでいられるはずがない。彼は片手で陸斗の腕を押さえ、片手でその部分をかたどるように撫で上げる。

服の上からゆるく触られているだけなのに、強烈な快感が駆け抜けた。手を振り解《ほど》こうと思うのに、またも身体に力が入らない。

「あ…っ」

彼の手の下でむくむく大きくなってしまったのを感じ、頭が沸騰しそうになった。自分の状況が信じられない。

ソファに座ったまま、なすすべもなく彼に触られているなんて。しかも、それに興奮している。

男にそんなところを触られたことなど、一度もないのに。

陸斗の反応をおもしろがるように、彼がファスナーの部分を指でたどった。

「このままだと服を汚すぞ」

「やっ…」

それだけの刺激で、ぞくぞくするほど感じてしまう。締めつけられる感覚は苦しく、布越しの愛撫《あいぶ》はもどかしい。

「外に出せ。扱《しご》いてやるから」

「え…」

唐突に手を離されて、陸斗はすっかりうろたえた。

外に出す？　自分で？

もう腕を押さえられてもいないし、逃げ出すのも自由だ。でも、こんな状態では、とても動けない。

「どうした？　俺にしてほしくないのか？」

耳に絡まる声。

彼が使うのは、あの誘惑の目だけではない。声もだ。

甘く、誘うようで、絶対的な支配力がある。

頭に霞《かすみ》がかかったようで、まともなことが考えられなかった。どうかしている。こんなこと、正気の沙汰《さた》じゃない。

わずかに残った理性の声が遠くなり、陸斗はそろそろと手を動かした。自分でズボンのファスナーを下ろす。

硬く勃ち上がっているものが外気に触れて、ぶるっと身体が震えてしまう。すると彼の手がそれを包み込み、やんわりと握った。

「あ…っ」

全身に電流が流れたようだった。

映像で見たシーンが脳裏をよぎる。長い彼の指が白い女性の肌を走り、愛しげに撫で、力強く抱きしめる場面。

五十嵐の指の動きか、それとも彼の手自体がセクシーなのか。そんなに露骨な描写ではなかったのに、かなりどきどきしたのを覚えている。

あの指が、自分に触れている。

実際に見ていても、本当に起きていることだとは思えない。目の前の光景と、握られた指の感触。

虚構と現実がごっちゃになったような状況が、陸斗の感覚を狂わせたようだった。何度か

扱かれただけで、どうしようもなく感じてしまう。

「ひっ、あ…っ」

たちまち先走りに濡《ぬ》れてきた先端を、五十嵐が指で擦った。

「すぐイけそうだな」

「あ、やっ…」

「ここはどうだ？」

彼が顔を寄せ、耳に息を吹きかける。

「ひゃあっ…」

悲鳴のような声をあげる陸斗にかまわず、彼がぺろりと耳を舐《な》めた。握った手に先端を擦られながら、舌が耳たぶを這《は》いまわる。

「やめっ…、ああ…！」

陸斗はぶるぶるっと震え、呆気《あっけ》なく達してしまった。

「なるほど。本当に耳が弱いらしいな」

ごく冷静に五十嵐が言って、サイドテーブルに置いたティッシュで手を拭《ふ》く。それから、ぐったりしている陸斗に箱を差し出した。

「そこは自分で始末しろ」

陸斗はのろのろと自分もティッシュを取り、濡れた部分を拭いた。彼の顔を見られないまま、ファスナーを上げ、服を整える。

少し息をついて、身体が動くのを確認した。足に力が入るし、ちゃんと立てそうだ。よろめかないように立ち上がり、できるかぎり威厳のある足取りでドアをめざした。

もっとも、彼の手で簡単にイかせられてしまったこの状況で、どんな威厳を持てるのかわからないが。

「帰るのか？」

とにかく見かけだけでも堂々としていたい。こんなこと、たいしたことではないように。

平然と背中にかけられた声に、ぴくっと震える。陸斗は振り向かず、押し殺した声で答えた。

「今日の稽古は終わりでしょう」

何か言われる前に、早口で続けた。

「次はもっとうまくやりますから、期待しててください」

顔が見えないように半分だけ身体をまわして軽く頭を下げ、陸斗はそそくさと部屋をあとにした。

考えるのはやめよう。

帰路の間中、陸斗はそう考えていた。家に帰ってシャワーを浴びている時も、ずっとそう考えていた。

何も考えずに眠ってしまえばいい。朝になれば、ただの夢みたいに忘れられるだろう。考えてもどうしようもないことは、忘れてしまうにかぎる。

だが蒲団《ふとん》に潜って目をつぶったとたん、どっと映像がよみがえってきてしまった。闇《やみ》の中で目を開けて、陸斗はうめいた。

夢にして忘れるには、強烈すぎる経験だったかもしれない。

あの五十嵐に、あんなところを触られるなんて。

いうなれば、あれはセクハラだ。仕事上の立場でいえば、パワハラともいえる。役が欲しい陸斗には、抵抗などできないのだから。

でも、自分に抵抗する気はあっただろうか。

無理やりだった、とはとても言えない。逃げようと思えば逃げられたはずだ。本気で拒絶しようともせず、自ら彼の手を求めてしまった。身体の欲求に負けて。

女の子じゃないんだから、あれくらい騒ぐことでもないとは思う。自分の手でやるより、人の手でやってもらうほうが気持ちいいのは確かである。

いわばオナニーの延長みたいなもので、『奉仕』してもらったようなものだ。自分もやらされたならともかく、あれでは五十嵐になんの得もない。

まずいのは、彼に触れられるのが嫌ではなかったということだ。

むしろ、すごく感じた。

彼はたいしたことはしていない。服の上から撫で、軽く握って、何度か扱いただけだ。高校時代につき合った女の子ですら、もっといろいろしてくれたと思う。

それなのに、経験したことがないほど気持ちよかった。実際のところ、あんなに早かったのは初めてかもしれない。

触れているのが彼の指だと思うだけで、どうしようもなく身体が熱くなって……。

陸斗は慌てて頭を振った。いや、違う。初めて知ったことではあるが、自分は本当に耳が弱かったのだ。

あれは耳元で囁かれたり、舐められたりしたせいである。

映画の中で五十嵐が演じるラブシーンを思い出し、彼に恋する役を演じている状況が相まって、身体が暴走してしまった。

どうせ五十嵐は何も気にしていないだろう。彼が本気モードでくどけば、相手が女性でも男性でも、その気にさせられるに違いない。

自分の目や言葉の威力をわかっていて、陸斗をからかっているだけだ。

気にするだけ馬鹿らしい。次は何事もなかったように平然と、彼を誘惑してやろう。耳に近寄らせなければ、今回のような事態は避けられる。

次は陸斗が、彼の反応をからかってやる番だ。

そう決心したものの、陸斗はなかなか眠れなかった。まだ彼の手の感触が残っているようで、勝手に身体が熱を持つ。

陸斗はなんとか彼を頭の中から追い出そうと試みた。やっぱり、何も考えないようにするのが一番だった。


車の助手席から外を眺め、陸斗は落ち着かなげにシートベルトをいじった。

隣の運転席には五十嵐がいて、ゆったりとハンドルを握っている。彼らは夜のドライブを楽しんでいるところだった。

もっとも、彼が『楽しんでいる』かどうかはわからない。彼が何を考えているのか陸斗には読めず、つい横目で顔をうかがってしまう。

五十嵐を誘惑する、という課題は、暗礁《あんしょう》に乗り上げていた。

『真っ向勝負』に失敗したので、陸斗はいろいろ趣向を変えて攻めてみた。もっとケナゲな感じにしてみたり、色っぽく迫ったりもした。

でもどれも、駄目出しをくらってしまった。

陸斗は意地になってくどき文句を並べたが、自分でもこれでは駄目だと感じていた。同じことを誰かにされたら、気味が悪いような気がする。

煮詰まっているのがわかったのか、場所を変えよう、と五十嵐が言い出した。

「デートでもすれば、少しは気分が出るだろう」

「男同士でデートですか？」

「好きな男と出かけるのに、ほかの言い方があるか？」

口元で笑う彼に、陸斗の心臓がどきりと鳴った。

彼にイかされてしまって以来、そういう事態にならないように陸斗は用心していた。そのことには一切触れず、何もなかったように振る舞う。

五十嵐にはあまり近づかないようにして、彼にも近づかせない。特に耳元には。

そうすれば、またおかしな反応をするのは避けられるはずだった。でも、彼の指やちょっとした仕草が気になって、何か少しでも色気のあることを言われるたびに心臓がどきりとしてしまう。

触れられてもいないのに、勝手に鼓動が速まったりもする。

それでもなんとか自分の台詞に集中し、余計なことは考えないようにしていた。ところが集中しようとすればするほど、うまく誘惑の言葉が出てこない。

こうして二人きりで車の中にいても、陸斗は何を言えばいいかわからなかった。好きな相手とドライブしているシチュエーションなのだ。くどくには絶好の機会ではないか。今まではデート中に何を話していただろう。

つき合っていた女の子を思い浮かべてみたが、何をしていたか思い出せない。

「蕎麦《そば》は好きか？」

ちらちら盗み見ていると、いきなり彼が口を開いた。唐突な質問に、緊張していた陸斗は反応し損ねた。

「え？　えーと、蕎麦が何か…？」

「この先にうまい店がある。苦手じゃないなら、お前に食べさせたい」

「あの、はい、蕎麦は好きです」

「よし」

ハンドルを切る彼を、馬鹿みたいに見つめてしまった。

なんだろう。本当にデートしているみたいである。うまい蕎麦を食べさせたいって…。いや、五十嵐のことだ。何か思惑があるのだろう。

これも演技指導のうちなのかもしれない。

車が停《と》まったところは、和風の一軒家だった。ただの蕎麦屋というより、ちょっと料亭みたいな感じだ。

彼の行きつけということは、実は高級な蕎麦懐石だったりするのだろうか。出かけるとは思わなかったので、陸斗はジーンズというラフな格好だ。

五十嵐も別に正装しているわけでないが、彼が着るとただのシャツとスポーツジャケットでも、妙に決まって見える。

彼と一緒にいることを意識して、急に気後れを感じた。なにしろ、一応彼らはデート中という設定なのだ。

もちろん実際には有名俳優兼映画監督と、ただの新人役者である。変な目で見られるはずはないのに、なんとなく緊張してしまう。

駐車場に車を停めたあと、五十嵐が先に立って入口に向かった。さっさとのれんをくぐる彼に、ためらいつつも陸斗が続く。

室内も和風で落ち着いた雰囲気だが、それほど気取った店ではないようだった。家族連れもいて、一人でも気楽に入れそうな居心地のよさがある。

すぐに案内されて席につき、陸斗はメニューを広げた。値段も普通の蕎麦屋らしいもので、さらにほっとする。

料亭風の個室とかだったらどうしよう、などとおかしな心配をしていたのだ。

「監督はよくこの店に来るんですか？」

「撮影所で取る出前の蕎麦は、お世辞にもうまいとは言えないからな。時々、無性にここの蕎麦を食いたくなる」

「監督が蕎麦好きとは知りませんでした」

「ここの蕎麦は手打ちで、コシの加減が絶妙だ。辛すぎないダシのきいた蕎麦つゆもいい。蕎麦とつゆは、映画でいう映像と音響だ。響き合ってこそ、一つの作品になる」

熱く蕎麦を語る五十嵐に、目を丸くしてしまった。今までの彼とイメージが違う。彼の素の部分が見られたようで、なんだか胸が高鳴った。

彼が監督した映画はその映像の美しさと共に、音の使い方のうまさも絶賛されていた。こんなところに、彼の原点があったとは。

「じゃあ俺は、作品を味わうためにざる蕎麦にします」

「いい選択だ」

五十嵐はにっと笑って、ざる蕎麦を二つ注文した。

ほどなくして運ばれてきたざる蕎麦は盛りも多いし、麺《めん》が艶々《つやつや》している。ひと口食べてみて、思わず感動してしまった。

「ほんとだ…」

顔を上げた五十嵐に力説した。

「麺はしこしこしてて歯ごたえがあるし、つゆはそのまま飲みたいほどおいしいです」

「このよさがわかるなら見所がある」

真面目な顔で重々しく頷《うなず》く。

「だが、最後に蕎麦湯で割るのも忘れるな。その時につゆの味の本質がわかる」

「はい」

話しているのはたかが蕎麦のことなのに、この高揚感はなんだろう。五十嵐の意外な一面を知ったことが嬉《うれ》しいのかもしれない。

彼の口元に目が引き寄せられてしまう。蕎麦をすすっていても、彼の唇は官能的だ。あの唇に触れたことがあるなんて。今ではもう、夢のようだ。

あの時のことが脳裏によみがえり、陸斗は慌てて蕎麦に意識を戻した。

しっかりと蕎麦湯で割ったつゆまで堪能《たんのう》した頃、横を通った女性客がいきなり足を止めた。息を呑むような間があったあと、おずおずと声をかけられる。

「あの、五十嵐大悟さんですよね」

陸斗はどきっとしたが、彼は平然と女性を見上げた。

「ええ」

ぱあっと顔を輝かせ、声がオクターブ上がる。

「こんなとこで会えるなんて！　サインいただけますか？」

「いいですよ」

女性はバッグをかきまわし、見つけ出した手帳を開いた。ペンを添えて差し出す。五十嵐は快く手帳にサインした。

監督業には、ファンサービスも含まれているらしい。でも、彼女のせいでまわりの視線が集まり始めている。

陸斗は心配になってきた。騒ぎになったらまずいのではないだろうか。よく考えれば彼はサングラスもしていないのだ。素顔でふらりと蕎麦屋に入ったりするのはどうなのだろう。

女性はすっかり興奮している。

「私、あなたの大ファンだったんです。あなたが出演した映画のＤＶＤも全部持ってるんですよ。もう俳優の仕事はしないんですか？」

手帳を返した五十嵐が、にっこり微笑んだ。

「ぜひ映画館に足を運んでください。私が撮った映画には、すばらしい俳優たちが出演していますから」

「あ、あの、はい…」

彼の笑顔にぼうっとなって、女性が立ちつくす。その隙《すき》に、五十嵐は陸斗に合図して立ち上がった。

「では、私たちはこれで。今度とも応援をよろしく」

見惚《みと》れている女性をあとに残し、二人はそそくさと支払いを済ませて店をあとにした。

車に乗って発進してから、陸斗はようやくほっと息をついた。

「見つかっちゃいましたね」

食べ終わってからでよかったと思う。せっかくのおいしい蕎麦を残して、中座などしたらもったいなさすぎる。

「でも、監督も無防備すぎですよ。人気俳優なんですから、外を出歩く時は変装くらいしたほうがいいんじゃないですか？」

「俺はもう人気俳優じゃない」

彼は軽く肩をすくめた。

「露出度が少なくなれば、自然と騒がれなくなる。監督になってよかったことの一つは、マスコミに追いまわされなくなったことだな」

陸斗はつくづく考えてしまった。確かに、映画監督よりも人気俳優のほうがネタになる。彼はドラマに出演すれば高視聴率を取り、映画に出れば大ヒットさせてしまうような俳優だったのだ。

どこで誰と会ってるかとか、どんな店で食事してるかとか、あらゆることが話題になる。マスコミに張りつかれるのは日常茶飯事だったのだろう。

頭の中に一つの質問がわく。さっきの女性がしたのと同じような内容だが、彼は答えをはぐらかした。

陸斗が聞いたら、答えてくれるだろうか。

迷っているうちに、車は坂を上って少し開けた場所に出た。彼が脇に寄って車を停める。

陸斗は訝《いぶか》しげに彼を見た。

「どうかしたんですか？」

「外を見てみろ」

彼に言われ、窓の外に目をやる。すると、そこには夜景が広がっていた。ちょうど高台になっていて、視界が開けていたのだ。

陸斗は思わず窓を開け、外に乗り出して見た。空には星が光り、三日月が出ている。眼下の地上にはさまざまな形をした人工の星。

「あの店で蕎麦を食べたあとは、いつもここに寄る。夜景スポットの穴場だ」

「監督は夜景も好きなんですか？」

「お前は嫌いか？」

「いえ、俺も好きです」

こういう景色には、不思議とわくわくさせるものがある。

「監督ってけっこう、ロマンチストだったんですね」

「今日はデートだからな。お前に見せたかった」

一瞬にして、空気が色を帯びる。五十嵐の声に誘惑の響きを感じて、陸斗の心臓がまたどきりと鳴った。

そうだ、これは稽古なのだ。陸斗の試練は続いている。

食事をした帰り、二人で見る夜景。誘惑するには絶好のロケーションだ。こんな時、何を言う？　デートで心を通わせたあとに。

陸斗はぐっと唇を噛《か》み、座席に座り直した。口にできなかった質問。でも、今なら聞けるかもしれない。彼に恋している男なら。

「監督…」

そう呼んでから、陸斗は言い直した。

「大悟さん」

「…なんだ？」

「本当にもう、俳優の仕事はやらないんですか？」

「どうしてそんなことを聞く？」

「俺は、あなたが演じている姿が好きだったんです。あなたはあらゆる人間になれて、どの役も独特で魅力的だった。俳優として、本当にすごいと思ってた。だから、もうその姿が見られないのが寂しくて…」

「俳優じゃない俺には魅力がないか？」

「そういうことじゃないんです」

陸斗はためらい、そっと口に出した。

「あなたが俳優をやめたのは、桂木さんのことがあったからですか…？」

桂木麻耶と共演した最後の映画。そのあとの彼女の自殺。マスコミにたたかれ、映画監督に転身した五十嵐。

原因としては、ほかに考えられない。

桂木の死は、彼にとってそれほど大きなことだったのだろうか。騒がれていたように、二人は恋人同士だった？

五十嵐は彼女を深く愛していて、だから、ほかの人と演じるのをやめてしまったのか。

そう考えると、胸がきりきり痛んだ。

どうしようもなく好きになり、溺れてしまうような恋。五十嵐が映画の中ではなく、現実に誰かとそういう恋をしている姿を想像すると、ますます胸の痛みがひどくなる。

「俺はただ、あなたのことが知りたいんです。あなたが苦しんでいるなら、そのことを知りたい」

五十嵐がふうっと息を吐いた。

「彼女のことは、単なるきっかけだ」

「え…」

「俺はもともと製作のほうをやりたかったが、俳優の仕事が忙しくなりすぎて、ほかのことをする暇がなかった。あのあと監督をする話が持ち上がった時に、いい機会だと考えただけだ。別に何か特別な理由があったわけじゃない」

「そうだったんだ…」

「幻滅したか？」

皮肉っぽく唇を歪める彼に、陸斗は首を振った。

「あなたが苦しんでないならいいんです」

彼には、本当にやりたいことをやる権利がある。演じる姿が見たいからといって、文句を言うことなどできないだろう。

「あなたが俳優でも監督でも、俺にとってあなたは目標です。初めてあなたの映画を見た時から、それはずっと変わりません。あなたが手の届かない場所で輝く星だとしても、俺はあなたに近づきたい。いつか必ず、あなたに追いつきますから」

じっと見つめていた彼の顔が、ふわりと笑んだ。どきっと心臓が跳ね上がる。彼は手を伸ばし、陸斗の頬に触れた。

「この目を忘れるな」

「え…？」

「こういう目で見つめれば、大抵の相手はぐっとくる」

「あ…」

その意味を理解して、陸斗は混乱してしまった。つまり、誘惑は成功したということだろうか。

でもこれは、演技だった？　胸の痛みも、何もかも？

自分がどっちなのかわからなくなってくる。役が欲しくて監督を誘惑している男か、監督に恋をしている新人役者か。

自分はどんな目で彼を見ているのだろう。

戸惑ったまま見つめていると、だんだん彼の顔が近づいてきて、ぼやけてしまう。気がついた時には、唇が触れていた。陸斗の唇に。

陸斗は目を閉じ、その感触を追った。

ゆったりと温かい、でも震えるほど官能的なキス。

わからない。どうして彼とキスしているのだろう。誘惑はもう終わったのに。でも気持ちがよすぎて動けない。

唇が離れてからも、陸斗はぼうっとしていた。

「おい、起きてるか？」

目の前で手を振られ、はっと正気に戻った。

「あの…、今のはなんで…」

五十嵐がにやっとした。

「誘惑が成功した証拠だ」

今さらのように顔が赤くなってしまう。陸斗は彼を熱くすることができたのだろうか。本当に？

「俺の目に狂いはなかったな」

「普通でつまらないって言ったくせに…」

「普通なのがつまらないと誰が言った？」

五十嵐が口元を引き上げる。

「頭で演じようとするな。演じるのは、ここだ」

陸斗の心臓の上に手を置く。

「余計なテクニックやイメージに惑わされず、感じたままにやれるのがお前の強みだ。自分を信じてやればいい」

彼の手の下で、痛いほど鼓動が速くなっていた。

そこからわき上がる熱が、身体の中に広がっていく。わからない。陸斗は何を演じたのだろう。これから、どう演じればいいのか。

せっかく五十嵐に認めてもらえたのに、陸斗の心はますます混乱していくようだった。

4

クランクインは、夏の訪れを感じさせる蒸し暑い日だった。

映画撮影の現場を目の当たりにして、陸斗はたちまちその魅力に取り憑《つ》かれてしまった。

何人ものプロたちが、一つの目標のために集まっている。台本通りに演じる役者の芝居を
ただ撮影する、というものではない。

撮影するシーンによって、カメラの撮り方、照明の当て方、録音するマイクの位置まで変えるのだ。

スタッフの誰もがすばらしいものを作り上げよう、という意欲に燃えていて、それがひしひしと伝わってくる。

そのすべてを統《す》べているのが、五十嵐だった。

彼の自信に満ちた、的確な指示。時にはスタッフと熱心に打ち合わせ、具体的なビジョンを示して、めざす方向へ導いていく。

彼の情熱は全員に浸透し、いつも現場は活気に溢《あふ》れていた。

これが、五十嵐のやりたかったことなのだろう。

映画監督である彼を目の当たりにして、陸斗は改めてそう思った。あんなふうに陸斗に稽古をつけてくれたのも、この映画を成功させるためだ。

彼が情熱を傾ける作品の一部になれることは、幸運に違いない。

陸斗にとっては何もかもが初めてで、緊張の連続だった。

映画の場合、初日からだんだんリズムをつかんで積み上げていく、ということができない。一度撮ったシーンは二度とやれないので、始めからテンションを高め、そのままの状態を保って演じなければならないのだ。

陸斗はほかのキャストが待機中にどう過ごすのか、カメラがまわり始めた瞬間にどう演技に入るのか、じっくり観察した。

相手役の日比野美保は、自分がカメラのフレームからはずれている時もそのまま芝居を続けていて、そういう姿勢は勉強になる。

陸斗に迷いがあるような時は、五十嵐がさりげなく手を貸してくれた。

彼は自分の考えを押しつけたりはしない。ただ、どういう流れでどういうシーンなのかということを明確にして、あとは陸斗の中から生まれるものを待っていてくれる。

そうやって指導するのが、彼のやり方らしかった。それぞれのスタイルを大切にしてくれるので、ほかのキャストにも好評だ。

ちゃんと自分のことを見てくれている、というのが感じられて、すごくやる気が出る。彼のおかげで、モチベーションを上げることができたと思う。

陸斗は俳優としてだけではなく、映画監督としての五十嵐にも魅了され始めていた。

スタジオのセットの中だけではなくロケーション撮影も、陸斗にとっては新鮮だ。

初めての屋外ロケで感じたことは、まずさまざまな音がして、匂《にお》いがして、風も吹いている、ということだ。

当然のことなのではあるが、今まで室内でしか演じてこなかったために勝手が違う。普段より集中力が必要なのだ。

さらに、外では天気に撮影が左右される。曇っている時には光を足し、日差しが強すぎる時は太陽に雲がかかるのを待つ、という具合。

公園で主役の二人が出会うシーンを撮影中、急に空がかき曇った。辺りが暗くなったと思ったら、大粒の雨が降り出す。

ばたばたと機材を片づけるスタッフたちに気を取られていると、頭の上にばさりと何かがかけられた。

「え…?」

驚いて振り向いた陸斗の目の前にいたのは、五十嵐だった。

「早く木の下に入れ」

「あ、はい」

自分の上にかけられていたのは、彼のジャケットだった。五十嵐がその上着ごと陸斗を抱えるようにして、木陰に移動する。

改めて見まわすと、ほかのキャストはつき人などと一緒にそれぞれもう避難していた。

「気をつけろ。衣装が濡れるだろう」

「すみません」

真面目に謝る陸斗に、彼がかすかに笑う。

「衣装だけじゃなく、お前もだ。風邪《かぜ》でも引いたらどうする」

「もう夏ですし、大丈夫です」

「油断は禁物だ。体調管理も仕事のうちだぞ」

「はい」

雨はたちまち本降りとなった。避難した木陰は葉が茂っているので、ほとんど雨粒はかからないが、まわりは雨のベールに覆われたようだ。

心臓の鼓動が速くなってくるのを感じた。彼とこんなふうに密着したのは、あのキスをした車の中以来である。

クランクインで再会してから、彼と話したのは演技や撮影についてだけだ。これは、何か違う会話をするチャンスかもしれない。

どんな話をしたいのか、自分でもよくわからなかった。でも、たまには仕事以外のことで彼と話をしてみたい。

妙にどぎまぎしながら、そっと彼の顔をうかがう。彼は厳しい監督の顔で、真っ黒な空を見上げていた。

「予報では、雨は今夜からのはずだったんだが」

「夕立みたいな感じなので、すぐやむかもしれないですよ」

「少し待ってみるか。悪いが待機しててくれ」

五十嵐が雨の中に出ていこうとしたので、慌ててかぶっていたジャケットを下ろした。

「これ、ありがとうございました」

ジャケットを差し出すと、彼は軽く首を振った。

「傘が来るまでかぶってろ」

五十嵐はそう言い置いて、すぐ外へ飛び出してしまった。ずぶ濡れになりながら、スタッフと一緒に動きまわっている。

陸斗は言われた通り、また彼の上着をかぶった。そうしていると、まるで彼にくるまれているような感覚がする。

かすかに残っているぬくもりと、彼の匂い。

ますます心臓が暴れ出し、自分の心を持てあます。

彼が優しくしてくれるのは、陸斗が出演者だからだ。ここで体調を崩したりすれば、スケジュールが狂ってしまう。

自分が特別扱いだなどと自惚《うぬぼ》れてはいけない。彼は監督として、この映画に出る全員に気を配っているのだろう。

五十嵐と親しいような気になって、甘えていては駄目だ。彼と過ごした日々は、ただの演技指導だったのだから。

もっと自分の仕事に集中しなければ。彼がそうしているように。

その日の撮影は結局中止になってしまったが、陸斗は決意を新たにしていた。

自分を選んでくれた五十嵐の期待に応えるためにも、無様な演技は絶対にできない。陸斗は雑念を捨て、自分の役にのめり込んだ。

日比野美保が演じる三上沙織《みかみさおり》に出会った瞬間、藤井浩介は恋に落ちる。彼女に会いたくてたまらくなり、ようやく言葉を交わせた時には天にも昇る心地だ。

だがやがて浩介は、沙織が不幸な結婚をしていると知る。

陸斗は、五十嵐のことを考えて演じた。彼を誘惑しようと奮闘する気持ち。彼のちょっとした仕草や言葉で、どきりとする感覚。

上着から伝わるぬくもりや、触れる指先に揺れる心も。

実際に、日比野の向こうに五十嵐を見ている気がする。陸斗は恋をして舞い上がり、その恋に苦しんで焦燥していく。

役にのめり込めばのめり込むほど、次第にわからなくなってきた。自分は五十嵐への恋を演じていた中山陸斗か、本気で恋をしている藤井浩介か。

その境界線はどこにあるのだろう。


「カット!」

五十嵐の声にはっとして、陸斗は目を瞬いた。

目の前で、陸斗が心から恋する三上沙織が、女優の日比野美保になる。オーケーの声を受けて、日比野は屈託のない笑みを見せた。

「今の、すごくよかったわよ、陸斗くん」

「そ、そうですか?」

「あんまり熱い目で見つめるから、どぎまぎしちゃった」

明るくウインクを飛ばされて、陸斗がちょっと赤くなる。日比野は嬉しそうに陸斗の頭をぐりぐり撫でた。

「陸斗くん、カワイイなあ。マジで沙織みたいにイケナイ気持ちになりそう」

「はあ…」

どう返事をすればいいか困っていると、再び五十嵐の声がした。

「今日の予定は終了だ。みんな、ご苦労様。明日は休養日だから、ゆっくり休んでくれ」

「はーい」

沙織が手を離し、にっこりした。

「じゃあ、またね、陸斗くん」

「はい。お疲れ様でした」

陸斗はぺこりと頭を下げた。

役の上では、日比野はミステリアスでセクシーな、どこか影のある女を演じている。でも実際の日比野は明るくて、姉御肌の女性だった。

慣れない陸斗の面倒を何かと見てくれたので、現場にも馴染《なじ》みやすかったと思う。

どんなシーンを演じたあとも、彼女は撮影が終わった瞬間、元の自分に戻る。まるで服を脱ぎ捨てるように。そのギャップに、陸斗はいまだに戸惑ってしまう。

なかなか頭が切り替わらない陸斗は、なんとなく取り残された気分になる。ぼうっと彼女の姿を見送っていた陸斗の耳元で、聞き慣れた声がした。

「おい、中山陸斗」

どきっとして振り向いた先にいたのは、五十嵐だった。

あの雨の日以来、陸斗はあくまで監督として彼に接しようと努めてきた。マンションに呼んでくれたり、蕎麦を食べさせてくれたりしたのは、稽古のためだ。

あのキスも、恋人みたいな時間を過ごしたのも、ただの演技である。今の陸斗は彼にとって、出演者の一人にすぎない。

そう自分の心に言い聞かせ、ずっと仕事に徹しようとしてきた。プライベートには話もしていない。

でもこうして彼が傍に来ると、心臓が妙な鼓動を打ってしまう。

クランクインまでの一ヶ月が、もうずいぶん昔のことのようだった。彼と顔を合わせていても、ひどく遠くに感じる。

自分の中では、いつも愛を語っている相手は彼なのに。

「何をぼうっとしている?」

「あ、いえ…」

「今日は終わりだと言っただろう。家に帰って休め」

監督として、主演俳優を気遣う言葉。当然のことだと思いつつ、妙な失望感がわいた。せっかく声をかけられたのに、さっさと帰れ、と言うだけなのだろうか。

陸斗は口を開きかけ、結局は何も言わずに閉じた。何か言いたいのに、何を言えばいいかわからない。

仕方ないので、再びぺこりと頭を下げる。そのまま踵《きびす》を返そうとすると、ふいに腕をつかまれていた。

「…監督？」

「気が変わった。少し待ってろ」

「え？」

「ここを片づけたら、車で送ってやる」

陸斗は驚いた。こんなことを言われたのは初めてである。

「そんな、いいですよ。電車で帰りますから」

「いいから待ってろ。話したいことがある」

「あ、はい、わかりました」

陸斗は慌てて頷いた。別に好意というわけではなく、監督として用事があるということだったのだ。

彼が助監督と話している間、なんだか不安になってきた。

監督自らに何を言われるのだろう。やはり演技のことだろうか。実際のところ、自分がうまくやれているかどうか自信がなかった。

五十嵐は、相変わらず陸斗の演技に手を貸してくれている。表情や仕草のやり直しを何度もさせられたり、全体のリズムやニュアンスなどを指摘されたりした。でも、長いカットでの台詞の駄目出しはあまりない。

思ったよりすんなりオーケーが出ると、むしろ心配になってしまう。

本当に彼は自分に満足してくれているのだろうか。わざわざ二人きりになって何か言われるなんて、すごく重大なことなのかもしれない。

ほかのメンバーの前では言えないような、ひどいこととか…。頭の中で、最初に言われた言葉がリフレインする。

『あまりにヘタすぎて何も言う気になれない』

黙って我慢していたが、とうとう堪忍袋の緒が切れたのかも。彼は現場で怒鳴ったり、誰かを激しく叱責したりはしない。でも一対一なら、そういうのも覚悟しておいたほうがいいかもしれない。

びくびくしながらも、心のどこかで嬉しがっている自分がいた。

クランクイン前のことは、別に特別扱いじゃないとわかっていた。自分の映画に出る俳優なら、彼は誰にでも指導や稽古をするのだろう。今回、ほかのメンバーにその必要はなかったが、陸斗のことは見るに見かねたに違いない。

でも、彼と二人きりで話せるのは、久しぶりなのだ。これは仕事にすぎないのに、まるで条件反射のように心臓が鼓動を速めてしまう。

彼が戻ってきた時も、どきっと胸が高鳴った。

「待たせたな」

「いえ…」

陸斗は自分の荷物を持ち、彼についていった。いつかと同じように、彼の車の助手席に座る。シートベルトを締めるのを確認してから、彼が車を出した。

陸斗は彼が話し出すのを待ったが、しばらく沈黙が続いた。運転する彼の横顔を盗み見ていると、ドライブした時のことを思い出す。

なんだか気恥ずかしくなってきて、陸斗は自分から口を開いた。

「あの、それで、話というのは…」

「イタリアンは好きか?」

「は?」

「うまいイタリアンの店がある。食ってからにしよう」

「え、でも…」

「心配するな。そこは人の目を気にしないで食べられる店だから、邪魔は入らない」

「はあ…」

なんだろう。陸斗の気分をほぐすために、食べながら話すのだろうか。そんな気を遣わなければならないほど、まずいことを言われるのかも。

だんだん話を聞くのが怖くなってきた。彼に食事に誘われたからといって、妙な感慨にふけっている場合ではないだろう。彼はすべての決定権を持つ監督であり、この映画の演技次第で陸斗の将来が変わるかもしれないのだ。

車がレストランの駐車場に停まり、彼のあとについて店に入り、個室風に仕切られた席に案内されてからも、陸斗は身体を硬くしていた。

「好きなのを頼め。ここはピザもうまいし、パスタもいける」

五十嵐がメニューを渡してくれたが、話が気になって文字が目に入らない。

「どうした？　苦手なものでもあるのか？」

「あの…！」

とうとう緊張に耐えられなくなって、陸斗は彼の言葉を遮った。

「言いたいことがあるなら、早くはっきり言っちゃってください。何を言われても、覚悟はできてます。気に入らないところは、できるだけ直すようにするので…！」

ぐぐっと身を乗り出す陸斗に、五十嵐は眉を上げた。

「別に気に入らないところはないぞ、中山陸斗」

「でも、わざわざこんなところで話をするのは、俺が何かヘマしたからじゃ…」

「お前はよくやっている。撮影も半ばを過ぎたし、俺はただ、褒美を兼ねてうまい飯を奢《おご》ってやろうと思っただけだ」

「褒美…？」

ぼうっと繰り返したあと、急にへたっと力が抜けてしまった。

「なんだ…、緊張して損した」

「いったい何を言われると思ったんだ？」

「そりゃあ、このヘタくそとか、お前なんかクビだ、みたいな？」

彼が口元を引き上げる。

「今さらクビにはできないだろう。この時点で撮り直しなんぞしたら、プロデューサーに大目玉だ」

「でも監督なら、無理を平気で押し通しそうだし」

「それは褒めてるつもりか？」

喉の奥で笑う五十嵐に、またもどきりとさせられる。なんだろう。今日の彼は、誘惑していた時とも、撮影現場にいる時とも、ちょっと違う。

本当にただ、仕事帰りに食事を奢ってくれるだけらしい。リラックスしている感じが伝わってきて、なんだか気分が浮き立った。

これは仕事というより、プライベートという感じがする。彼が食事相手に陸斗を選んでくれたことが、妙に嬉しい。

「安心したら、腹が減ってきました」

陸斗は照れ隠しのようにメニューを開いた。

「俺、ピザはどっちかというと、薄めでぱりっと焼いてあるほうが好きなんですよね」

「なかなか見所があるな」

五十嵐が真面目な顔で頷く。

「ここのピザは石窯《いしがま》で焼いてるから、香ばしくて食感がいい。イタリアから直輸入したチーズと生地が、絶妙の組み合わせだ」

「やっぱり石窯で焼くと違うものですか？」

「当然だ。電気機器で焼くより火加減や時間調整が難しいから、出来映えはシェフの腕に左右される。うまく焼けるようになるまで、それなりの鍛錬が必要だ」

蕎麦と同じように、ピザについて力説する。高級フランス料理とかじゃなく、どこにでもあるものだけにおもしろい。

そういうこだわりが、映画製作にも反映されているのだろうか。

マスコミに騒がれている頃に彼がグルメだとかいう話は聞いたことがないから、あまり知られていないことだと思う。

彼の知られざる一面を自分だけが知っているようで、変な優越感がわいてくる。誰に対してだかわからないが。

「チーズと生地を味わうために、俺はマルゲリータにします」

陸斗がそう決めると、五十嵐は満足そうに、にやっとした。

「いい選択だ」

オーダーのための呼び出しボタンを押しながら、彼がワインリストに目をやる。

「俺は車だから飲めないが、ワインも頼むか？　ここは料理に合うワインが揃《そろ》っている」

「いいんですか？」

「明日は休養日だからな。酔っ払わない程度なら飲ませてやる」

「ワインぐらいで酔いませんよ」

「好きな銘柄はあるか？」

「ワインのことはよく知らないので、お任せします」

「いいだろう」

ちょうど現れた店員に五十嵐がオーダーする。料理を待っている間に、彼が何気ない口調で言った。

「日比野とはどうだ？」

陸斗は少し首を傾《かし》げた。

「どう、とは？」

「うまくいってるか？」

「ああ、はい。いろいろ面倒を見てもらって、助けられてます」

さっきの彼女を思い出して、少し笑う。

「日比野さんって思ってたよりオトコマエな感じの女性で、今回の三上沙織とはぜんぜん違うタイプですよね。でもあんなに沙織の雰囲気を出せるのはすごいと思います」

「彼女は勘がいい。こちらが望むものを正確に理解して、それに自分なりのニュアンスを加えて演じられる役者だ」

「はい」

では、自分はどうなのだろう。口に出かかった質問を、陸斗は呑み込んだ。彼女に比べれば、陸斗などまだまだに違いない。

結果がすべてだ、と彼も言っていた。役者としての評価は、まずはこの役を演じきってから聞くべきだろう。

「日比野さんが、俺の熱い目にどきまぎしたって言ってくれました」

「相手役をどぎまぎさせられれば上等だ」

「監督のおかげですね」

冗談めかして言いながら、彼の顔をうかがってしまう。あの時、陸斗の誘惑は成功したはずである。

それなら、少しは彼の心も動かせたのだろうか。そのあとのキスを思い出し、陸斗の心臓のほうがどきどき鳴り始めてしまう。

じっと見つめてみたが、彼はまるで平然と見返してきた。

「恋愛シーンを演じれば、相手役にある程度の感情移入をするのは当然だ」

「はあ」

「だが、あまり深入りするな。お前は藤井浩介じゃない。誰を演じても、自分が何者かは忘れるなよ、中山陸斗」

「はい…」

なんだろう。日比野と陸斗が変な噂になるのを心配しているのだろうか。自分が何者かはわかっている。まだ駆け出しの新人俳優で、日比野よりずっと格下だ。

だいたい、彼女が陸斗を相手にすることなどないだろう。彼女は陸斗にかまってくれるが、あれは弟に対するようなものだ。いくら映画の中で恋人になったところで、実際に『弟』以上になれるとは思えない。

でも日比野のような女優と噂になれば、メディアに出る回数も増え、それなりに名を売れる。陸斗がそういう売名行為をするような人間に見えるのだろうか。

実は釘《くぎ》をさしたくて食事に誘ったのかも。

浮かれていた心が急降下して、陸斗はぶすっと続けた。

「俺は芝居と現実をごっちゃにしたりはしませんよ」

「それならいい」

なんだか、二重に釘をさされた気分だった。日比野だけではなく、五十嵐に対しても。

彼とのキスを思い出したりしたのに気づかれたのだろうか。あれは稽古にすぎなかったのだと、念を押されてしまったようだ。

そんなこと、わざわざ言われなくてもわかっているのに。

陸斗の落ち込みを察したのか、彼が声をやわらげた。

「仕事の話は終わりだ。今日は好きなだけ食え、中山陸斗」

陸斗は上目遣いで見上げた。

「…どうしてフルネームなんですか？」

「お前の名前だろう」

「そうですけど、普通に呼んでもらえれば…」

「どう呼ぼうと俺の勝手だ」

五十嵐は傲然《ごうぜん》と言って、口元を引き上げた。

「両親にはなんて呼ばれている？」

「え？　普通に陸斗って名前で…」

「この映画に出演することはなんて言われた？」

話題が急に家族のことになり、陸斗は目を瞬いた。

「両親は役者になるのに大反対だったんですよ。結局は演劇科のある大学に行かせてくれましたが、卒業後はもし食い詰めてホームレスになっても頼ってくるなって言われて、家を追い出されました。俺が出た舞台にも来てくれないし、役者なんて仕事だと思ってないみたいで」

溜息をついて続ける。

「この映画が公開されたら、少しは見直してもらえるかもしれませんけど」

「いいご両親だな」

「え？」

「甘やかすだけじゃなく、現実の厳しさを教えてくれるのは愛されている証拠だ。それを忘れるなよ、陸斗」

「は、はい」

またもどきっと心臓が鳴った。

そういえば、撮影中は役名で呼ばれている。一番若いせいか、ほかのキャストには『陸斗くん』と呼ばれるが、彼に名前を呼ばれたのは初めてかもしれない。

たったそれだけのことで、落ち込んでいた気分がまた急浮上してしまった。


運ばれてきた焼きたてのピザは熱々だった。

外側はぱりっとして中は弾力のある生地と、とろけたチーズの味わいが絶品である。陸斗は熱いのもかまわずかぶりついた。

「ほんとにうまいですね、これ」

がつがつ食べながら言うと、五十嵐が少々呆れた顔をした。

「もっと落ち着いて食え」

「でも、ピザは熱いうちがおいしいですから」

チーズが冷えて固くなってしまうと、せっかくの風味がなくなってしまう。とりあえずピザを平らげてから、陸斗はようやく一息ついた。

「すみません、ほとんど一人で食べちゃって」

「かまわない。好きなだけ食えと言ったのは俺だ」

五十嵐がパスタのほうも取り皿によそって渡してくれる。トマトソースをベースにしたスパゲッティも、かなり美味だった。

彼が選んでくれた赤ワインとも合うし、ピザをほぼ丸ごと食べたにもかかわらず、さらに食が進んでしまう。

満腹になってアルコールも入り、すっかり気をよくした陸斗はつい口を滑らせた。

「そういえば、監督はイタリアン・レストランのシェフ役をやったことありますよね」

五十嵐が眉を上げる。

「お前、ほんとによく覚えてるな」

「それは…」

ぎくっとしてしまった。誘惑しているときに言った台詞は、あくまで演技だと思われているだろう。最後に成功した言葉が真実だと知られるのは、ちょっと気恥ずかしい。たまたま見た、というのは前に使っているため、別の言いわけを考えた。

「昔の彼女が監督のファンだったので、いろいろつき合わされてて…」

これは、完全に嘘《うそ》というわけではない。そもそもの始まりとなった映画を見た理由がそうだったのだ。

五十嵐は特に不審に思った様子はなく、軽く肩をすくめた。

「あの話の役作りのために働かせてもらったのが、この店だ」

「ほんとに料理の修業をしたんですか？」

「ああ。がんがん怒鳴られて、ピザの焼き方を仕込まれた。おかげで、イタリア料理に詳しくなったな」

「へえ…」

あの時の五十嵐のシェフコート姿は、すごくカッコよかった。フライパンを片手に調理するシーンもプロっぽく様になっていて、感心したのを覚えている。

あれはかなり訓練を積んだ結果だったのだろう。

「監督が怒鳴られてる姿を想像すると、なんか元気が出ますね」

冗談めかした陸斗の言葉に、五十嵐がじろっと睨む。

「気のない演技をしたら俺が怒鳴りつけるから、覚悟しておけ」

「お手やわらかに頼みます」

陸斗は笑って敬礼の仕草をした。こんなふうに彼と話せるのが楽しい。この時間がずっと続けばいいと思ってしまう。

「そうだ、監督、いいこと考えました」

「なんだ?」

「製作のほうをやりたいなら、監督と主演を兼ねればいいんですよ。レッドフォードもイーストウッドもやってるじゃないですか」

陸斗は自分の考えに興奮してしまった。

「自分の演技を自分で演出するなんて、すごく自信家でなきゃできないし、監督にぴったりだと思います」

「お前、それは褒めてるのか?」

「もちろんです。そうすれば、また監督の演技が見られるし」

雰囲気のせいか、アルコールが入っているせいか、妙に開放的な気分になっていた。五十嵐が素の部分を見せてくれているせいかもしれない。

彼の演じる姿が好きだった、と言ったのも、くどき文句の一つだと思われているだろうか。

あれが事実だとバレても、もういいような気がした。

「俺はあなたの出演作は、ほとんど全部見てるんです。たまたま見たとか、つき合いで見たとかいうのは嘘で、ＤＶＤになってないのはネットで探したり、ファンサイトで知り合った人にダビングを頼んだりして集めました」

「物好きな奴だな」

「どうしても、見たかったんです。こんなふうに好きになったのは、あなたが初めてで…」

勢いのままに口にしてから、はっとした。彼といると、誘惑しなきゃいけない気分になるのだろうか。

もう稽古は終わっているのに、変なことを言ってしまった。

「いえ、その、俳優として好きっていうことで、深い意味は…」

しどろもどろで言いわけしていると、彼がテーブル越しに手を伸ばし、ぽんと頭の上に載せた。

「わかってるから落ち着け」

「べ、別に俺は落ち着いてます」

「わざわざ探して見てくれたなら、役者冥利につきる」

くしゃっと髪を撫でるようにして、手が頭から離れていく。陸斗はほっとすると同時に、おかしな失望を味わった。

これが本当にくどき文句で、誘惑に成功したなら、彼の手はもっとほかのところにも触れてくれたのだろうか。

前の時みたいに…。

変なふうに流れた思考を、陸斗は慌てて打ち消した。これは『デート』という設定ではないのだから、そんなことには絶対ならない。今の彼らはただの監督と俳優なのだ。

どうやら、まだ頭があの頃から戻ってないらしい。彼のほうには、もうすっかりそんな雰囲気はないのに。

眼差しにも声にも誘惑の色はなく、触れ方もごく普通のものだ。でも、軽く頭を撫でられただけで、なぜこんなに身体が熱くなっているのだろう。

たいして飲んでもいないのに、すでに酔っているようだ。

五十嵐の態度はその後も特に変わることはなく、帰りは車で家まで送ってくれた。食事を奢ってもらい、まるで友人みたいな時間を彼と過ごすことができた。

それで十分嬉しかったはずなのに、そのまま彼が帰ってしまうのを寂しく感じるのはなぜなのだろう。

彼の車が見えなくなってからも、陸斗は奇妙な胸の痛みを感じながら、しばらく道にたたずんでいた。

5

撮影も後半に入り、ロケ地へ移動することになった。

舞台は避暑地のホテルになるため、実際に山奥のホテルを借り切って、数日間泊まりがけでの撮影になる。

陸斗はこのロケを楽しみにしていた。ストーリーの山場だし、メンバーとも気心が知れるようになってきて、互いのテンションも上がっている。

映画というのは、時間を切り取って保存するようなものだと思う。撮影が終わってしまえばそれぞれバラバラになり、もう同じメンバーで仕事することはない。

だからこそ、その一瞬にいいものを作り上げたいという意欲が強くなるのかもしれない。

ロケバスで着いたホテルは、森林の中にひっそりと建つ、こぢんまりとした洋館のホテルだった。どこかの富豪の別邸というような二階建てで、客室もそんなに多くない。

近隣には家もなく、都会の喧噪《けんそう》から逃れてのんびりするにはいい感じだ。映画のイメージともよく合っている。

ロケセットの場合、もともとあるものに美術や装飾の人が手を加え、脚本に合うように舞台を整えていく。

彼らはすでに下見をして準備はしてあるのだが、短時間で作り上げる手際のよさには感心させられる。

人の力ではどうにもできないのは、やはり天気だ。外での撮影も多いし、日程はきっちり組まれているから、時間が押してくると調整が大変なようだ。

でもホテルに着いた日は晴天で、撮影は順調に進んでいた。

陸斗が演じる藤井浩介は、このホテルに夫と泊まっている沙織を追いかけてくる。恋に目がくらみ、沙織の思わせぶりな態度に誘導されて、夫を殺そうと思い詰めるのだ。

二人の姿をホテルの窓から目撃し、階段を駆け下りるシーンを撮影しようとしていた時である。陸斗は階段の上でスタンバイしていたのだが、出る寸前で助監督の水上《みなかみ》に止められた。

「ちょっと待って。ちょうど窓からの日差しがかかってる」

水上は前回の映画でも五十嵐と組んでいて、俳優時代からのつき合いらしい。映画製作のキャリアとしては五十嵐より長く、年齢も上だ。

現場では監督の指示が絶対ではあるが、水上とはよく意見を出し合っているし、互いに信頼しているのがわかる。

ほんのちょっとした光の加減や、映り込む物の位置。そういう細部にも目が配られていることに、いつも陸斗は感心してしまう。

彼は五十嵐の許可を得て、階段のほうにやってきた。

「僕が先に下りてみるから、照明の具合をチェックして」

陸斗が駆け下りるのと同じ場所を、水上が軽い足取りで下りていく。階段の半ばまで来た瞬間、水上が足を滑らせた。

「うわっ」

いきなり階段を転げ落ちた水上に、陸斗はぎょっとした。洋館らしく幅が広くてさほど急ではないが、下までけっこう距離があるのだ。

「大丈夫ですか？」

慌てて駆け寄ろうとしたところで、倒れていた水上が叫んだ。

「ストップ！　そこ滑るから！」

「え？」

声に反応して、陸斗は急ブレーキをかけた。用心しながらそっと足を下ろしてみると、確かに滑る。陸斗は慌てて手すりにつかまった。

階段の下にほかのスタッフが集まり、水上を助け起こした。

「怪我《けが》は？」

真っ先に駆けつけた五十嵐の質問に答え、水上が首を振る。

「たいしたことありません。でも、少し足首を捻《ひね》ったようです」

「このホテルに医者がいたはずだ。すぐ診《み》てもらえ」

水上が支えられて運ばれていったあと、五十嵐が動けずにいる陸斗を見上げた。

「お前は大丈夫か？　何があった？」

「俺は大丈夫です。わかんないですけど、すごく滑りやすくなってて」

手すりにつかまりながら、再び足で探ってみる。一段だけ、スケートリンクみたいにつるつるになっているところがある。もし全速力で駆け下りていたら、水上よりひどいことになったかもしれない。

「上に戻っていろ」

「はい」

五十嵐に鋭く言われ、陸斗は踊り場のほうへ戻った。代わりに彼が上がってきて、その段に手を触れた。指を滑らせ、険しい目をする。

「これはどういうことだ？」

美術担当の安部《あべ》もその部分を確認し、ぎょっとしたように顔を引きつらせた。

「おかしいな、さっきリハーサルした時は、なんともなかったんですけど。床を磨こうとして、ワックスとかかけすぎたのかも…」

彼らは顔をつき合わせて何事か話し合っていたが、しばらくすると五十嵐の落ち着いた声が聞こえた。

「滑らないようにできるか？」

「はい、すぐかかります」

「ほかの部分も確認してくれ。見落としがないように頼む」

「了解です」

それからスタッフが総出で階段の滑り止めにかかり、なんとか撮影は終了した。


奇妙なことに、ホテルでのロケに入ってからトラブルが続出した。

水上の怪我はただの捻挫《ねんざ》だとわかり、陸斗も胸を撫で下ろしたのだが、次は照明用のライトが故障した。

東京から代わりのライトを運んでこなければならなくなり、大至急、スケジュールの組み替えが行われた。

先に戸外のシーンを撮ることにしたところ、今度はまたも雨にたたられた。

待機を余儀なくされながら、スタッフがぴりぴりしているのが伝わってきて、陸斗たちも落ち着かなかった。

ほかにも用意していた衣装に変な汚れがあって使えなかったり、ロケセットが壊れたり、それまでなかったようなミスが相次いでいたのだ。

そのせいで時間がかかり、撮影が押していく。それがまずい事態だということは、陸斗にもわかった。

ホテルの貸し切り期間は延ばせないため、次に撮影できるのはずっと先になってしまう。そうなれば、予定通りの完成は不可能になる。

今回のシーンは、沙織が浩介をホテルの外に呼び出し、夫に隠れてこっそり会う場面だった。出番を待っている日比野と陸斗にも、あまり会話がない。

いつも明るい日比野だが、彼女も悪い流れを感じ取っているのだろう。前半は順調だったのに、ここにきてみんなのテンションが下がっている。

映画としてはこれから盛り上がるところで、重要な部分だけに、五十嵐も苦慮しているに違いない。

待っているだけで、何もできない自分が歯がゆく感じられた。

五十嵐は真剣な表情でスタッフと話し合っていたが、しばらくすると待機中の二人のところにやってきた。

「今回はいろいろと不都合が起きて申し訳ない。だが現場は生き物で、台本通りにいかないことはわかってもらえると思う。そういう部分が映画の醍醐味《だいごみ》でもあるし、時としてその場の勢いで生まれた発想がいいものを生み出す場合もある」

手に持った台本で、窓の外を指し示す。

「実はこのシーン、もともとの設定は雨だった。撮影のことを考えて変更したんだが、この機会に元の設定に戻したい」

彼が日比野から陸斗へ、順番に目を合わせた。

「雨の中の撮影になるが、やってもらえるか？」

思わず陸斗は声をあげていた。

「やりましょう！」

大声を出してから、慌てて日比野のほうを見る。

「勝手にすみません。でも、今の季節なら濡れてもそれほど寒くないと思うし、雨っていうのもこの時の沙織の心境に合ってると思えて…」

なんとか説得しようとしていると、日比野がにっこりした。

「私もいいと思うわ、陸斗くん。じっと待ってるより、とにかくやってみましょう」

「ありがとうございます！」

ぺこりと頭を下げる。

「沢野《さわの》さんもいい？」

日比野が振り向いて声をかけると、彼女のマネージャーである沢野も頷いた。

「こちらは問題ありません」

「決まりね」

きっぱり断言する日比野に、五十嵐が微笑んだ。

「ありがとう」

それから陸斗に目を向け、頷いてみせる。

「君にも礼を言う。これ以上暗くなる前に撮りたいから、すぐ準備してくれ」

「はい！」

そうして、雨の中の撮影は決行された。

陸斗たちは濡れるだけなのだが、まわりのスタッフは大変である。泥だらけになって奮闘しているうちに、全員の気持ちがまた盛り上がってきたようだった。

雨のおかげで、それまでの鬱憤《うっぷん》が逆に晴れたような感じだろうか。

結果的にそのシーンは陸斗にとって印象深いものになり、撮影陣にもいい画《え》が撮れた、と好評だった。

五十嵐の臨機応変な発想と、天気さえも味方にしてしまう手腕に、陸斗は感動しないではいられなかった。

「あ、監督！」

ロビーで五十嵐を見つけ、陸斗は思わず駆け寄った。

「これから夕食ですか？」

五十嵐はちらりと視線を向けた。

「いや。部屋へ戻る」

「監督はいつも食事を部屋で取ってるみたいですけど、たまには一緒に食べませんか？」

撮影が終わってシャワーを浴びてからも、陸斗はまだ興奮していた。今日の感動を、できれば彼に伝えたい。

「ここの料理はけっこうおいしいですよね。ちょっと和風にアレンジしたフレンチとか、さすがに野菜が新鮮で…」

食事を奢ってもらった時のような調子で話していると、五十嵐が眉を寄せた。

「ロケ先の食事を批評するとは、いい身分だな」

その冷たい声音に、どきっとしてしまう。

「いえ、あの、批評というわけじゃなくて…」

「旅行に来たわけじゃないんだ、気を抜くな。わかってると思うが、浩介が晴彦《はるひこ》より影が薄ければ、クライマックスが腑抜《ふぬ》けたものになる」

「それは…」

陸斗はぐっと言葉に詰まった。

晴彦は沙織の夫だ。役を演じるのは滝川潤一《たきがわじゅんいち》という男優で、舞台上がりの演技派である。出番の関係で、このロケから合流した。

彼はちょっと癖のある晴彦を独特のニュアンスで演じていて、かなりの存在感があった。間近で彼の演技を見て、陸斗も身が引き締まる思いがする。

その実力差を指摘されてしまうと、反論できない。

「せいぜい食われないようにしろ」

皮肉っぽく言い置いて、五十嵐は自室のある二階へさっさと上がっていってしまう。高ぶっていた気持ちが、急速にしぼんでいった。

なんとなく、彼の態度が初めて会った頃に戻ってしまった気がする。

仕事中はさほど変わらないし、演技の話はしてくれる。でもそれ以外では、微妙に避けられているようだった。

話しかけてもどこか他人行儀で、冷たい言葉が返ってくるだけだ。

あれが本来の彼なのか、ここにきて陸斗の演技が不満なのか。どちらにしても、イタリアン・レストランで感じたような親しみは失われてしまった。

トラブルが続いても彼はずっと冷静で、誰を責めることもなく落ち着いて対処していた。でもどことなく、今までとは違う。

まわりと距離を置いていて、近寄りがたい雰囲気があるのだ。

陸斗がこのロケを楽しみにしていたのは、撮影だけではない。泊まりがけになるから、五十嵐と一緒に食事をしたり、撮影後に話したりする機会があるかも、とちょっと期待していた。

もちろん、特別な何かを求めていたわけではない。でも演出部の人たちとは飲みに行ったりしていると聞いていたし、そういう気楽な会に混ぜてもらえればいいなと思っていたのだ。ほんの少しでも、あのイタリアン・レストランでのような時間をまた過ごしたかった。

ところが、ここに来てからの五十嵐はわざと孤立しているような感じがする。撮影も大詰めになって疲れているせいかもしれないが、同じホテルにいるのにほとんど話せない。

監督と俳優なんて仕事以外ではこんなもので、これが普通の距離なのだろうか。

でも彼に無視されているような状態は、思った以上のダメージを陸斗に与えていた。期待していた分だけ、失望が大きいのかもしれない。

すごすご一人でホテルのレストランに向かっていると、松葉杖《まつばづえ》をついた水上と一緒になった。捻挫した右足首はテープとサポーターで固定され、まだ痛々しい。

陸斗はぺこりと頭を下げて挨拶してから、彼の足に目を落とした。

「具合はどうですか？」

水上がにっこりした。

「心配ないよ。ほんとはもう杖もいらないんだ。でもこれ持ってると、みんな同情して素直に言うこと聞いてくれるからさ」

陸斗はずっと、水上に申し訳ない気持ちがしていた。自分の身代わりで、彼が階段から落ちたように感じていたから。

水上はチーフ助監督で、監督の補佐や現場のスケジュールを一手に引き受けている重要な人物だ。セカンドの助監督は役者の衣装やメイクを担当し、サード助監督は小道具や美術を担当する。

それぞれ監督にとって、なくてはならない存在なのだ。

「何か手伝えることがあったら言ってください。あの時声をかけてくれなかったら、俺も階段から転げ落ちてたと思うし、水上さんは恩人です」

「いやいや、君が無事でよかった。僕は杖ついてても仕事できるけど、主演男優に何かあったら撮影に支障をきたすからね」

「大丈夫ですよ、俺は頑丈なのが取り柄ですから」

「あ、それ、僕が身体鍛えてないって言ってる？」

「違いますって」

「足が治ったら、僕もちょっと鍛えようかな。階段から落ちても、こう空中回転とかして無事に着地できるように」

「いくら鍛えてもそれは無理じゃないかと…」

「そう？　ジャッキー・チェンならできそうじゃないか？」

真面目な顔で言う水上に、陸斗は笑ってしまった。

五十嵐は全体を総括しているが、水上は細かい演出などを行っている。おっとりとしていて、現場では潤滑油のような存在だ。

そのままの流れで一緒にテーブルに座って食事を取りながら、陸斗はふと聞いてみたくなった。

「水上さんは、五十嵐監督と長いんですよね」

「ああ、彼が俳優として映画に出てる時から一緒に仕事してたんだ」

「彼って、本当はどういう人なんでしょう？」

質問が唐突すぎたらしく、水上が目を瞬いた。

「どういうって？」

「俺が知ってるのは、映画やドラマで演じていた姿だけですから。実際に会ってみたら、会うたびに印象が違うし、なんかよくわからなくて」

「うーん」

水上がうなった。

「僕にはいつも同じ彼だけどなあ」

「そうなんですか？　俳優の頃と監督になってからとは、何か変わったりしました？」

「どうかな。彼はすばらしい俳優だったし、監督としても才能に溢れてる。人間的にも魅力的だよ」

陸斗の目を見て続ける。

「監督はエキストラにも自分で声をかけてるだろ？　あれは本来、僕の仕事で、ほかの監督はあまりやらない。でもエキストラって役者の卵のことが多いし、下積みの気持ちがわかるから、必ず自分で話すんだ。役者上がりのせいかもしれないけど、彼は役者の使い方がうまい。彼に撮られた役者は、みんなすごくよく見える。君も初めて出るのが彼の映画で、ラッキーだったと思うな」

「それは、俺もそう思いますけど」

「彼と一緒に仕事するのは楽しいよ。僕は彼が好きだけどな。君は好きじゃないの？」

「い、いえ、そういうわけじゃ…」

なぜか変にうろたえてしまい、陸斗はぼそぼそ言った。

「でも、ここに来てからの監督はちょっと変じゃないですか？　もともとそんなに感情を表に出す人じゃなかったけど、さらに何考えてるのかわからないし、なんか距離を置かれてるみたいで…」

自分で言いながら、恥ずかしくなってきた。これでは、かまってもらえずにすねているような気がする。

プライベートな時間に何度か会ったからといって、五十嵐と自分が特別な関係というわけではない。

仕事以外であまり話してくれないというだけで、文句を言う立場にはないだろう。

「ええと、時間も押してるし、疲れてるんじゃないかと思って」

ごまかすように話を締めくくると、水上がかすかに表情を変えた。

「ああ、まあ、今はちょっとね…」

含みのある返事に、陸斗はどきっとした。

「何か知ってるんですか?」

「君はけっこう鋭いなあ。役者としてはいい資質かも」

「ごまかさないで、何かあるなら教えてください。やっぱりアレですか、俺が滝川さんに比べてヘタすぎて、一緒の出番がある今になって俺の抜擢を後悔してるとか…」

勢い込んで言うと、水上がぷっと吹いた。

「いや、それはナイよ。正直なところ、僕が思ってた以上に陸斗くんはよくやってる」

「じゃあ、何が…」

水上がふと真剣な表情になった。

「今はまだはっきりしないから言えないんだ。でも、監督はスタッフ全員のことを家族みたいに思ってる」

しばらくじっと陸斗に目を当ててから、彼は再び口を開いた。

「彼が俳優から監督に転身したのは、どうしてだと思う?」

「それ、俺も監督に聞いたことがあります」

「ほんと? 監督はなんて言ってた?」

「もともと製作のほうをやりたかったって」

「そっか。それはほんとだと思うけど…」

「けど?」

陸斗が聞き返すと、水上は小さく首を振った。

「さっきも言ったけど、彼は俳優としても監督としても尊敬できるし、僕もまわりの連中もみんな彼を好きだと思う。でもね、彼が自分自身を好きかどうかはわからないかも」

「え…?」

陸斗はびっくりしてしまった。

「でも、監督っていつも自信に溢れてるし、むしろナルシストっぽい気が…」

つい言葉が出てしまい、慌てて口を押さえる。水上が苦笑した。

「自分の能力に自信を持ってるのと、自分自身に自信を持ってるのとは違うだろ。彼がさまざまな顔を持つのは、ただの演技というわけじゃないのかもしれない。彼はなんていうか、自分を何重もの膜で覆って、心の中を見せないようにしてるところがあるから」

「膜…?」

「僕はね、誰かがその膜を引っぺがしてくれればいいと思ってるんだよ」

そう言って、片目をつぶってみせる。陸斗は混乱した頭で考えた。

五十嵐が自分自身を好きじゃないかも？　それは、どういう意味なのだろう。

役者というのはある程度、自己愛が強い人種だという気がする。人前で演じたり、自分を表現するのが好きでなければ続けられない。

一方で、本来の自分とはまったく違う人物になる、というおもしろさもある。ヒーローになって、夢と冒険に溢れた人生を経験したいと思う心は誰にでもあると思う。

それが悪人でも、人妻に恋する男でも、その人物になりきって演じるのはすごく楽しい。

五十嵐は何を思ってさまざまな人間を演じてきたのだろう。本当にただ『いい機会だから』といって、役者をやめてしまえるものなのか。

彼ほど人の心を動かすような俳優を、陸斗はほかに知らないのに。

実物に初めて会った時は、皮肉屋で嫌な奴だと思った。誘惑している時は、どうしようもなくセクシーで、危ない感じの男だ。

イタリアン・レストランでの彼は、温かくて優しかった。

少しわかったと思うと、次の瞬間にはまたわからなくなってしまう。どうしたら彼のことがわかるのだろう。

まるで変幻自在のカメレオンのようで、実態がつかめない。

彼のことをもっと知りたかった。五十嵐の本当の姿を知りたい。幾重にも覆われたという、膜の内側を見てみたい。

そう願う気持ちは、膨らんでいく一方だった。


陸斗は迷い、結局は五十嵐の部屋を訪ねることにした。

このホテルに滞在中、陸斗たちキャストは個室をもらっているが、スタッフは二人や三人で泊まっているらしい。

ただ、監督の五十嵐が一人部屋なのは確認済みだ。

東京に戻れば、こんなふうに彼を訪ねることはできない。もう稽古は終わったのだから、マンションに押しかけることはできないし、撮影が終われば食事を奢ってくれることもないだろう。

ここにいる間が、プライベートで話せる最後のチャンスかもしれないのだ。

すごく迷惑そうだったら退散しよう、と思いつつ、部屋のドアをノックする。しばらくすると、ドアが開いて五十嵐が顔を出した。

「なんの用だ？」

陸斗は用意していた台詞を言った。

「演技のことで少し相談したいことがあるんですが」

「急ぎの話か？」

「明日のシーンのことで確認しておきたくて」

彼は溜息をつき、ドアを引き開けた。

「いいだろう、入れ。早く済ませろよ」

陸斗はほっとして、彼の部屋に足を踏み入れた。もちろん、仕事のことだと言ったから入れてくれたのだと思う。

それでも、彼と二人きりになると鼓動が速まってくる。

部屋の造りは陸斗のところとほぼ同じだが、テーブルの上にはウイスキーのボトルとグラスがあった。

すでにボトルの中身は半分以上減っている。

「一人で飲んでたんですか？」

「お前には関係ないだろう」

「そうですけど、水上さんとか演出部の人たちと一緒に飲むのかと思ってたから」

「彼らも俺がいないほうが気楽に飲める」

水上の言葉を思い出し、陸斗はどきっとした。

「そんなことないです。みんな、監督と飲めたら嬉しいに決まってます」

力をこめて言ってみたが、彼はいらいらしたように手を振った。

「そんなことより、早く本題に入れ。雑談する気分じゃない」

「はい…」

しまった。また余計なことを言ってしまった。陸斗は一つ息を吐き、シミュレーション通りに話すことにした。

「実は、浩介と晴彦の関係で少し迷ってるんです。浩介にしてみれば、晴彦は沙織をめぐるライバルですけど、晴彦のほうが年上で仕事も成功していて、いわゆる金も地位もある男ですよね。嫉妬《しっと》するのは当然ですが、沙織には自分より彼のほうがいいのかも、とか自信をなくしたりしませんか？　沙織には絶対彼より自分のほうが必要だ、と思い込みすぎるのもおかしな気がします」

五十嵐は窓際に移動し、窓から外を眺めた。都会と違って外は真っ暗で、森は暗い深淵《しんえん》になっている。

その闇をバックに彼は振り返り、陸斗に目を当てた。

「愛する人が苦しんでいたら、お前ならどうする？」

陸斗は彼を見つめ返した。

「その人が苦しんでいる理由を知りたいと思います。それで、自分に何かできることがあるなら、力になりたい」

「そんなふうに理性で考えているうちは、ただの情だ。友情にも同情にも当てはまる。浩介が沙織に抱いているのは、自分でも制御できない感情だ」

「彼女のためなら人も殺せるくらい、正気を失うってことですか?」

「彼女の苦しみを取り除くために、すべてを捨てられるということだ。それまで積み重ねてきた過去の自分も、手に入るだろう未来も」

彼の声は闇から響いてくるようだった。誘惑の色はないのに、胸が締めつけられるような感覚がする。

これはなんだろう。まるで、彼が自分のことを話しているような…。

「心底惚れた相手を前にすれば、男は馬鹿な真似《まね》をするものだ」

「監督…!」

陸斗は我慢できなくなって、彼の傍に近づいた。目の前に立って、彼を見上げる。

「それは、監督の経験なんですか? 監督も、誰かをそんなふうに愛したことが…?」

「馬鹿を言うな。演技の話をしてるんだろう」

「でも、過去の自分を捨てるって…、監督自身のことみたいじゃないですか。俺は監督のことが知りたい。映画やドラマの中じゃなくて、本当の監督のことが…！」

必死で言い募る陸斗の前で、五十嵐がゆっくり唇の端を引き上げた。彼が艶然《えんぜん》と笑った瞬間、空気の色が変わる。

陸斗の背筋に、ぞくりとしたものが走った。

「俺のことを知りたいって？　誘惑のつもりか？」

「あ…、いえ、これは…」

彼の手が陸斗の顎をつかんで顔を引き寄せる。

「また俺に抜いてほしいのか？」

「ち、違っ…」

「それとも、俺の女になりたいか？」

頭の中がスパークした。触れている手を振り払おうとしたのに、なぜか金縛りにあったようで動けない。

いったい自分はどうしたのだろう。侮蔑的な言葉に言い返すこともできず、彼の目に呪縛《じゅばく》されたみたいに捕らわれているなんて。

こんな状況で、どうして身体が熱くなっているのか。

彼の顔が近づいてきて、触れるか触れないかのところで唇が止まった。それ以上は動かず、吐息だけがかかっている。

まるで、陸斗が触れるのを待っているかのように。

逃げ出したかった。自分が彼を突き飛ばし、憤然と部屋を出る姿が脳裏に浮かぶ。でも頭が出している指令に、身体が従おうとしない。

体温が感じられるほど近くに、彼の唇がある。あの、官能的な唇が。

身体が選んだ行動は、離れていたわずかな距離を縮め、その唇に触れることだった。

触れた瞬間、逃げ出すことなど忘れてしまった。一気に熱に呑み込まれ、離れることができなくなる。

衝動のままに陸斗は彼の首に腕をまわし、さらに深くキスを求めた。

五十嵐が舌を侵入させてくると、熱いものが身体の中で爆発したようだった。前にした時とは比べものにならないほど荒々しく、彼の唇に貪《むさぼ》られる。

陸斗はそれを受け入れ、同じような激しさでキスを返していた。

舌と舌を絡ませ、腕を彼の首に絡ませる。夢中で身体を強く押しつけたとたん、彼が唐突にキスを終わらせた。

「相変わらず、いい反応だな」

揶揄するような口調で我に返った。自分の硬くなったものが、彼の腹に当たっている。慌てて身体を離そうとしたが、腰にまわっていた腕に引き留められていた。

「今さら隠しても仕方ないだろう」

かあっと赤くなり、陸斗は彼から目をそらせた。

「これは、ただ…」

耳元に顔を寄せ、彼が囁く。

「ただ俺に抱かれたいのか?」

陸斗はぶるっと震えた。

「ち、違う、俺は…」

「何が違う?　お前は今、俺に熱を上げる女たちと同じ目をしているぞ」

「そ、そんなことない…っ」

「ここに俺のを入れてほしいか?」

ぎゅっと尻をつかまれて、心臓が飛び出しそうになる。

「やめっ」

「俺の女になるというのは、そういうことだ」

「あ、や…っ」

後ろと同時に前もまさぐられ、肺から空気が押し出された。喉が詰まって息をすることができず、身体から力が抜けてしまう。

がくっと膝が崩れ、陸斗は床にへたり込んでいた。五十嵐が陸斗を追うように膝をつき、ズボンのファスナーに手をかける。

抵抗もできないまま、陸斗は五十嵐の器用な指で、素早く下着ごとズボンを引き下ろされていた。

「あ…っ」

むき出しになった素肌に彼の手が触れ、陸斗は大きく震えた。

「キスだけでこれか？　高校生並だな」

すでに濡れ始めている先端を、弄《もてあそ》ぶように擦られる。こんなのは嫌だと思うのに身体に力が入らず、首を振って身悶《みもだ》えるしかない。

「そこ、離し…」

「ああ、今回は後ろを使うんだったか」

ようやく手が離れたと思ったら、身体を裏返しにされた。床に這わされた状態で、軽く尻を撫でられる。

軽く押し広げられた瞬間、いきなり指が中に入ってきた。

「ひっ…」

その衝撃に、陸斗の身体が跳ね上がる。

「いやだ、よせっ…」

「まだ一本だぞ」

彼が指を引き抜き、次は二本にして再び挿入する。容赦なく奥まで穿《うが》たれて、陸斗は悲鳴をあげた。

「い、痛いっ、やだ、やめっ……！」

陸斗は力の出ない身体でなんとか逃れようとしたが、背中を押さえられていて逃れられなかった。

中で蠢《うごめ》く指はまるで別の生き物のようで、ぞくぞくしたものが身体を駆けめぐる。

這ってでも逃げ出そうと思うのに、両手が言うことを聞かない。ただ指が空《むな》しく床を引っ搔《か》いた。

「ひ、あっ…」

さらに押し広げられ、指が乱暴に抜き差しを繰り返す。内臓をかきまわされるような感覚に、どうにかなりそうだった。

「も、抜いて…っ」

必死で訴えた陸斗を意にも介さず、彼が指で中を擦り上げながら、もう一方の手を前にまわした。

痛くて苦しいのに、陸斗のものは萎えることもなく、蜜《みつ》を滴らせ始めていた。

「こっちは嫌がってなさそうだが」

焦《じ》らすように先端を刺激されて、息を吞む。

自分の意思とは関係なく、そこはますます硬く勃ち上がり、無意識のうちに腰を揺らしてしまう。

「そんなに俺が欲しいか？」

嘲《あざけ》るような彼の言葉に、激しく首を振った。

「やっ、違うっ…」

「違うと言う割には、いやらしい身体だな」

中の指と連動させるようにペニスを扱かれると、もう言葉も出なかった。

苦痛と快感がごっちゃになって、陸斗の神経を狂わせていく。

どうしてこんなことをされているのだろう。なぜ自分は彼の言いなりになっているのか。女のように彼に抱かれる？

これが本当に、陸斗の望んでいたことだった？

「あ、ああっ…！」

何がなんだかわからずに達した瞬間、陸斗は考えることを放棄した。


備えつけのティッシュで五十嵐は自分の手を拭き、次いで陸斗の後始末をしてくれた。その間も陸斗は動けず、されるがままにじっとしていた。

頭と身体が切り離されてしまったようで、放心状態になっている。五十嵐は子供にするように服を着せ、ズボンのファスナーまで上げてくれた。

「陸斗」

彼がそう呼んで、頬に触れる。ようやく陸斗はびくっと反応した。

「立てるか?」

「あ…」

「歩けるなら、自分の部屋に帰れ」

五十嵐がそっと頬を撫でてから、手を離す。呪縛が解けたように身体が動き、陸斗はふらつく足で立ち上がった。

彼に言われた通り、そのままドアへと向かう。開ける前にためらい、陸斗は振り向いた。

五十嵐はまだ窓の前にいて、闇を背中に立っている。

目が合った瞬間、彼はわずかにたじろいだ。だが、その表情はすぐに皮肉っぽいものに変わる。

「この程度で音を上げてるようじゃ、俺の相手は無理だ」

冷たい言葉が、胸に突き刺さった。

「これに懲りたら、もう俺に近づくな」

自分の部屋にたどりついた陸斗は、ばったりベッドに倒れ込んだ。

あれは、なんだったのだろう。前回、『処理』してくれた時とはぜんぜん違う。陸斗が受けた衝撃も。

五十嵐の言葉が頭をめぐった。

『俺の女になりたいか?』

どうしてあの時、否定しなかったのか。冗談じゃない、と怒鳴って部屋を出ていけば、それで済んだのだ。

陸斗が出ていったところで、五十嵐は気にしなかっただろう。彼には、ほかにいくらでも相手がいるのだから。

彼は、自分から触れてもいない。ただ、陸斗が落ちてくるのを待っていた。そして、陸斗はその罠に見事にはまってしまった。

自分からキスして、抱きついたのは陸斗のほうなのだ。あれでは、彼の言葉を肯定したようなものである。

今さらながらに赤くなり、陸斗は枕《まくら》に顔を埋めた。

あんな、頭で考えたことを身体が裏切る、という経験は初めてだ。

ひどいことをされていると思うのに、身体は勝手に熱くなり、ろくに抵抗することもできなかった。

とんでもない場所に指を入れられ、痛くて気持ち悪くて、でも感じていた。

いったい自分はどうしたのだろう。本当に彼に抱かれたいと思っている？　彼に熱を上げる女たちのように。

自分で自分がわからない。

水上の話を聞いて、もっと彼のことを知りたくなった。だから演技指導にかこつけて、部屋まで会いに行った。

彼といるだけで鼓動は速まり、ちょっとした表情や言葉が気になって、キスしただけで身体が暴走する。

自分では制御できない、どうしようもない感情。

それならこれは、恋だということになる。

陸斗は初めて映画で五十嵐を見て以来、ずっと彼を追いかけてきた。でも、あれは恋とは違ったはずだ。画面の中にいる虚像に恋することなどできないから。

実物に会って、彼を誘惑する稽古をしてるうちに、恋に落ちたというのだろうか。いったい、いつから？　どこから本物の恋になった？

『もう俺に近づくな』

ひょっとすると五十嵐は、陸斗本人より先にこの気持ちに気づいていたのかもしれない。だからわざとあんなふうにして、遠ざけようとしたのだろうか。

主演女優ならともかく、主演男優が監督に恋しているなんて、映画の妨げにしかならないから。

身体の奥に残る、かすかな痛み。

どうせなら、もっとひどく、全部やってくれればよかったのに。身体の痛みより、名前を呼んでくれた彼の声や、頰に触れた手の温かさが胸に残っている。

恋を自覚する前に失恋するなんて、あまりに間抜けな話だった。告白もしないうちから、結果が出てしまったのだ。

恋に溺れて罪を犯そうとまで思い詰める藤井浩介のほうが、実はずっと賢かったのかもしれない。

6

その日は朝から外での撮影だった。誰もいない森の中で、浩介はついに晴彦と対峙《たいじ》する。暗い決意を秘めて。

幸い朝から天気にも恵まれ、いい日差しが差している。

陸斗は眠れない夜を過ごしたが、不思議と心は落ち着いていた。今なら、藤井浩介の気持ちがよくわかる。

相手が誰だろうと関係なく、どうしようもなく好きになり、制御できない感情に突き動かされて、馬鹿なことをしてしまう気持ちが。

メイクをしている時に、担当の鈴木《すずき》という女性に言われてしまった。

「陸斗くん、昨夜《ゆうべ》、夜更かししたでしょ」

「わかりますか?」

「目にクマができてるもの。もしかして、演出部の人たちにつき合わされた? 真面目につき合わなくてもいいのよ、あの人たちはザルなんだから」

「そういうわけじゃないんですけど」

陸斗は自分の顔を鏡で覗いた。

「でもこのほうが、恋に憔悴《しょうすい》してる男っぽくないですか？」

「あー、まあ、確かに」

鏡の中で、鈴木がちょっと頬を赤らめる。

「なんか前より色っぽさが増してるわよ。もしかして、本気で日比野さんに恋しちゃったとか？」

陸斗は苦い想いを噛みしめた。

恋をした相手は、五十嵐だ。でも、日比野に対してと同じく、釘をさされてしまった。今回は疑いようもなく、完璧に。

「そりゃ、もちろんです。浩介は沙織にめろめろなんで」

胸の痛みをジョークでごまかして、陸斗はなんとか笑った。

メイクを終えてスタンバイしていると、製作の吉原《よしわら》が呼びに来た。製作部というのは弁当から待機まで、予算関係や進行の指示を出す。

吉原は進行担当で、いつも忙しく動きまわっているのを知っていた。

「すみません、中山さん、ちょっと来てもらえますか？」

「あ、はい」

言われるままに、陸斗は彼のあとについて森に入った。

「当初の予定と違う場所で撮りたいって監督が言い出して。一応、中山さんにも下見してほしいそうです」

「わかりました。でも珍しいですね、監督が事前に説明もなく、いきなり変更するなんて」

「重要シーンですから、監督も気合いが入ってるんですよ、きっと」

陸斗は自分に言い聞かせた。彼に会っても、動揺しないようにしよう。ちゃんとビジネスライクに接するのだ。

今の自分は彼に恋する中山陸斗ではない。沙織に恋する藤井浩介なのだから。

覚悟を決めて深呼吸をしたが、連れていかれた先には誰もいなかった。そこはホテルの裏手をしばらく登ったところで、ちょうど崖《がけ》のようになっている。

十メートルくらい下には川が流れ、山の稜線《りょうせん》が見渡せた。

「あれ？　ほかには誰も来てないんですか？」

「そう、俺とあんただけだ」

いきなり吉原の口調が変わり、陸斗はぎょっとした。

「あの、吉原さん…？」

「階段から落ちてくれてれば、捻挫か骨折で済んだかもしれないのに。ここからだと、悪くすれば死ぬかもな」

「え…」

陸斗は即座に理解した。

「階段に細工したのはあんたか？」

「主演男優が怪我すれば、撮影はできなくなるだろ？　重要シーンの撮影はまだこれからで、ここまできたら延期しても中止しても、かなりの損失が出る。映画会社は大損害だ」

「どうしてこんなことを？　俺に何か恨みでもあるのか？」

「別にあんたに恨みはない。運が悪かったと思ってくれ」

吉原が陸斗のほうに近づいてくる。彼は背が高く、がっしりした身体つきをしていた。何かで鍛えている感じだ。

陸斗は崖のほうを背にして立っていて、追い詰められた格好だった。昔からさほど喧嘩《けんか》に強いほうではないし、体格的にも不利である。

ちらっと崖下に目を走らせて、ぞっとした。悪くしなくても死ぬかもしれない。

サスペンスドラマが頭に浮かぶ。そうだ、こういう場合、相手に話をさせて時間を稼ぐ。それで、隙を見つけるのだ。

「俺に対する恨みじゃないなら、映画会社への恨みか？　待遇や給料に不満があるとか？」

「特に不満はない」

「この話が嫌いで、映画にしたくないとか？」

「別に嫌いじゃない」

「じゃあ、なんでだよ！　死ぬかもしれないんだから、理由を教えてくれてもいいだろ！」

破れかぶれになって叫んだ時、別の声がした。

「目的は俺だ。そうなんだろう？」

驚いて吉原の背後を見ると、そこにいたのは五十嵐だった。額には汗が浮かび、息を切らせている。

あとを追ってきてくれたのだろうか。

感動している間もなく、吉原が素早く陸斗の腕をつかんで引き寄せた。首に腕をまわされ、がっちりホールドされてしまう。

陸斗を盾にした状態で、吉原は五十嵐に対峙した。

「これはこれは。監督自らの登場ですか」

五十嵐は息を整え、落ち着いた声で言った。

「君は、桂木麻耶の弟だな」

急にまわりが静けさに包まれた。森にいる鳥たちさえ、さえずるのをやめてしまった気がする。

桂木麻耶。五十嵐と共演したあと、自殺してしまった女優。

陸斗は自分を捕まえている男を見上げた。容貌はあまり似ているとは思えない。でも彼の険しい表情が、真実を告げていた。

「妨害工作が始まってからスタッフの身元を調べ直し、ついさっき連絡が来た。名字は違うが、君が彼女の弟だと」

吉原が絞り出すような声を出す。

「両親が離婚して、俺たちは別々に引き取られた。母が再婚して名字が変わったが、麻耶はずっと俺の憧れで、誇りだった。お前に殺されるまで」

陸斗はびくっとし、思わず口を挟んでいた。

「桂木麻耶さんは自殺だ。彼が殺したんじゃない」

吉原がじろっと睨み、陸斗の首を絞め上げた。

「黙ってろ。何も知らないくせに」

「ぐっ…」

息苦しさに喘《あえ》ぐと、五十嵐が一歩前に出た。

「やめろ！　彼には関係ない」

五十嵐の動きに呼応するように、吉原が陸斗を抱えたままじりっと下がった。後ろの崖までは距離がなく、さらに奈落《ならく》の底が近づいてしまう。

五十嵐は動くのをやめ、声を押し殺した。

「用があるのは俺だろう。彼は離してやれ」

吉原は低く笑った。

「関係なくもないだろう？　俺は昨夜、外からお前の部屋を見上げていたんだ。男女かまわず、出演者に手を出してるようだな。マスコミが飛びつきそうなネタを披露したくないなら、カーテンは閉めたほうがいい」

陸斗は殴られたようなショックを受けた。

外から見ていた？　では、あのキスシーンを見られていたのだ。あれは、陸斗のほうからしてしまったのに。

うろたえて五十嵐の顔を見たが、彼は眉一つ動かさなかった。

「だからなんだ？　俺がゲイだと知られたところで別にかまわない。バラされても、映画の宣伝になるだけだ」

「こいつが死んでも、そう平然としていられるか？」

さらにじりっと崖に近づく。

「麻耶はお前に本気で惚れていた。それなのにお前は、あいつを弄んで捨てた。映画の宣伝が終わったら、もういらない不要品のようにな。絶望した麻耶は手首を切った。お前がそうさせたんだ。殺したのはお前だ」

言葉尻に滲《にじ》む、狂気。

吉原が美しい姉に対して抱いていた感情が、彼を駆り立てているのだろう。それもきっと、理性では制御できないものなのかもしれない。

「俺はずっと機会を待っていた。ただ殺すのでは楽すぎる。お前が死ぬのは、麻耶と同じ苦しみを味わってからだ。人生を失わせ、お前を絶望にのたうたせてやる」

憎しみに満ちた、呪詛《じゅそ》の言葉。だが驚いたことに、五十嵐はうっすらと笑った。

「それがこの映画を妨害した理由か？　ここで撮影中止になれば確かに損害が出るだろう。俺も責任を取らされるかもしれないが、いずれまた撮り直せばいいだけだ。金の問題なら、出演依頼をいくつか受ければ解決する。まだ俺を出したがってる連中は多いからな」

皮肉っぽい視線を陸斗に投げる。

「そいつのことにしても、いつものお遊びにすぎない。映画が終われば、どうせ切り捨てる人間だ。殺せばそっちが犯罪者になるだけで、俺には痛くもかゆくもない。残念だが君のやってることは、まったくの無駄骨だ」

彼の言葉に震えたのは吉原ではなく、陸斗だった。

胸がきりきりと痛み出す。

いつものお遊び。誘惑して、誘惑される。優しくされたと思ったら、冷たくされて、知らぬ間に心を奪われ、恋に落ちてしまう。

彼にとってはゲームのようなものだった？　陸斗のことも？

「わかったら、もうやめておけ。無意味なことで刑務所に入りたくはないだろう」

「無意味かどうかは、やってみなければわからないさ」

吉原は動じた様子もなく、陸斗の身体を崖側に押し出した。

「俺はずっとお前を観察していたんだ。お前の弱点を。本当にこいつのことをどうでもいいと思ってるなら、突き落としても平気なはずだな」

ぐいっと前に突き出された。陸斗の足元で、土塊が崩れて落ちる。恐怖で背筋が凍った瞬間、鋭い五十嵐の声がした。

「やめろ！」

「どうした？　こいつが死んでもかまわないんだろ？」

「やめろ。やめてくれ」

彼の声が押し殺されたように低くなり、陸斗は内側に引き戻された。五十嵐の目から皮肉げな光が消え失《う》せ、燃えるような激しさを湛《たた》えている。

初めて見る彼のむき出しの感情に陸斗は驚き、この状況も忘れて馬鹿みたいに見つめてしまった。

「どうやら、俺の勝ちのようだな」

吉原がせせら笑う。何か痛みを感じたかのように、五十嵐が目を細めた。

「確かに君は、麻耶に似ているところがあるな」

「何？」

「勘が鋭い」

そう言って、すたすたとこちらに向かって歩いてくる。吉原がまた陸斗を引き寄せた。

「近づくな」

「俺が行くのはそっちじゃない」

指で崖のほうを指し示す。

「手間を省いてやろう。俺がここから飛び降りる」

「えっ…」

陸斗のほうが驚いて声をあげていた。

「麻耶と同じように自殺すれば、君の気も晴れるだろう。俺が死ねばそれこそ無意味になるから、陸斗には何もしないでくれ」

「か、監督、いったい何を…！」

「自殺の理由は、適当でいい。映画製作に行き詰まったとか、それこそゲイなのを悩んでいたとか。遺書を書いている暇はないが、自分で飛び降りたのはわかるようにしておいてやる」

五十嵐が靴を脱ぎ、裸足《はだし》で崖っぷちに立つ。陸斗はすっかりパニックになった。

「やめてください！　どうして監督がそんなこと…！」

じたばたと暴れたが、吉原にがっちり押さえられていて動けない。

「気にするな、陸斗。俺の命など、そんなにたいしたものじゃない」

平然と言う五十嵐が信じられなかった。まるで散歩に行くみたいな顔で、自分の命の話をするなんて。

彼が飛び降りる？　陸斗の代わりに？　そんなこと、絶対にさせられない。

陸斗は泣きそうになって叫んだ。

「馬鹿言わないでください！　監督が死んだら、映画はどうなるんです！　みんな、あなたが好きで、あなたのために集まってるのに！　あなたが死ぬぐらいなら、俺が突き落とされたほうがいい！」

陸斗はもがき、目の前にある吉原の腕に思い切り嚙みついた。吉原が悲鳴をあげ、押さえつけていた腕がゆるむ。

その瞬間、五十嵐が飛びかかってきた。陸斗の腕を引いて吉原から引きはがし、安全なほうへ放り投げる。

地面に転がった陸斗が顔を上げると、五十嵐と吉原が取っ組み合っていた。崖っぷちなのだが、どちらも相手しか目に入っていないらしい。

加勢に行きたくても、ヘタに手を出すと余計に危なそうで近寄れない。はらはらしながら見守るうちに、吉原が足を滑らせた。

バランスを崩しながらも、吉原は五十嵐をつかむ手を離さなかった。引きずられて一緒に落ちかかる五十嵐の身体に、陸斗が飛びつく。

「監督！」

五十嵐は膝をつき、崖っぷちで踏み留まった。腕の先には、吉原がぶら下がっている。

「このまま引っ張れ、陸斗」

「はい！」

少しずつ後ろに下がり、二人がかりで吉原を引っ張り上げる。彼が地上に出るやいなや、五十嵐が素早く腕をねじ上げ、地面に押さえつけた。

「暴れると腕が折れるぞ。麻耶の弟でも容赦はしない」

吉原はもがき、腕の痛みにうめいた。さらに五十嵐に体重をかけられると、動けずに静かになる。

「俺がこいつを押さえておくから、人を呼んできてくれ、陸斗」

「はい」

陸斗は走り出そうとして、ふと振り返った。

「あの…」

「なんだ？」

「さっきのは、芝居だったんですよね？　飛び降りるとか、自分の命がたいしたものじゃないとか…」

五十嵐は答えず、ただ口元を引き上げた。

「いいから、早く行け」

「はい！」

陸斗は弾《はじ》かれたように駆け出していた。


吉原は地元の警察に連行され、それぞれが事情聴取を受けた。そのあと、五十嵐がスタッフの全員を集めて説明を行った。

水上が怪我をした時、階段には蠟《ろう》が塗られていた。美術の安部がすぐ気づいたが、五十嵐があえて口止めしていたという。

事を荒立てずに犯人を捜すためだったのだが、その後の機材の故障なども何者かの仕業だと見られたため、スタッフたちの所属会社のほうにも連絡して調べを進めていた。

今日になって吉原の素性がわかり、話を聞こうとしていたところで、陸斗が連れ去られてしまったのだ。

五十嵐が水上とそのほか数名だけにしか事態を知らせなかったのは、犯人を割り出すまで相手を刺激しないためだったらしい。初めて知ったメンバーは思わぬ事件に驚いたものの、陸斗が怪我もなく無事だったことを喜んでくれた。

結局その日の撮影は中止となり、翌日に仕切り直しということになった。またも予定がずれることになったが、トラブルの原因がわかり、それが取り除かれたのだ。全員が安堵《あんど》を感じていて、これからは一気に集中していけるに違いない。

その夜、陸斗は再び五十嵐の部屋を訪ねた。近づくな、と言われたが、どうしても昼間のことを確かめずにいられなかったのだ。

何度か逡《しゅん》巡《じゅん》してからドアをノックすると、五十嵐がドアを開け、何も言わずに中へ入れてくれた。

どうやら陸斗が来ることを予期していたらしい。

「何か飲むか？」

「いえ…」

「じゃあ、まあ、座れ」

「はい」

陸斗は言われた通り椅子に座り、彼は向かいに座った。

「今日は、あんな目にあわせて悪かったな」

「あれは監督のせいじゃ…」

「いや、俺の失策だ」

五十嵐がふっと息を吐く。

「前から麻耶のことで、俺のところに脅迫状が届いていた。今回の撮影前にも届いたが、今まで特に何があったわけでもないから無視してしまった」

「あの吉原という人は、以前から映画界にいたんでしょうか」

「ああ。俺が監督になる前から仕事をしていたから、特に不審に思わなかった。たぶん、麻耶の傍にいたくてこの仕事を選んだんだろう。今回は製作の応援として潜り込んだらしい。新しいスタッフの素性を調べ直して、ようやく突き止めた」

陸斗に目をやり、自分の髪をかきまわす。

「吉原のことを電話で知らされて奴を探しにいったら、メイクの鈴木にお前と出かけたと言われて、嫌な予感がした。彼女が方角を覚えていてくれたからよかったが」

「それで追いかけてきてくれたんですね」

彼が本気で心配してくれていたのがわかる。そんなことは、息を切らして駆けつけてくれた姿を見た時にわかったはずなのに。

お遊びだとか、ゲームだとか、変なふうに彼を疑ってしまった自分が恥ずかしかった。

あれは陸斗を助けるために言ったことだ。五十嵐の考えていることがわからず、不安に思っていたことを口にされて、つい信じてしまった。

彼には誘惑されたり、翻弄されたりしていたが、本当の意味で陸斗を傷つけるようなことはされていない。

むしろずっと、助けられてきたのだ。

「階段でお前を狙《ねら》ったのは、映画の妨害のためだろう。最終的な狙いは俺だとわかっていたから、俺の傍にいる人間は標的にされる。だからお前を俺に近づかせないようにしたかったが、まずいシーンを見られて裏目に出たな」

「監督…」

「俺がもっと用心しておくべきだった。悪かったな、陸斗」

陸斗はぐっと拳《こぶし》を握りしめた。

「そんなことはいいんです。ただ俺は…」

なんと言えばいいか迷う。

前回、彼のことを知りたいと言った時は、あんなことになってしまった。同じ轍《てつ》は踏みたくない。

陸斗の迷いを見抜いたように、五十嵐が苦笑した。

「何を聞きたい？」

思いのほか優しい声にうながされ、陸斗は口を開いた。

「あの時、どうして飛び降りるなんて言ったんですか。油断させる作戦だったとしても、無謀すぎます！　すぐ警察とか、誰か助けを呼べばよかったのに。捕まった俺は間抜けでしたが、俺だって男なんですから、そんな簡単にやられませんよ。あいつにしがみついて、もろともに落ちるくらいのことはしてやるつもりでしたから。冗談でも、身代わりになるとか言うのはやめてください！」

一気にまくし立てると、五十嵐が目を瞬いた。

「俺に言いたいのは、そのことだけか？」

「そうですよ！　いいですか、監督は大事な身体なんです。あなたがいなきゃ、この映画は作れない。自分の身を危険にさらすようなことは、二度としないでください！」

言いたいことは言ってしまったので、陸斗は立ち上がった。

「じゃあ、明日からまたよろしくお願いします」

ぺこっと頭を下げて部屋を出ようとすると、彼に手をつかまれていた。思わずびくっとしてしまう。

彼にちょっと触れられるだけで、陸斗の心臓が踊り出す。今はもう、その意味に気づいてしまった。

またおかしな反応をする前に、この部屋を出たほうがいいに違いない。

「話は終わったので、俺は部屋に戻ります。監督も警察に行ったりして疲れてるんですから、早く休んだほうが…」

「俺のほうは、まだ話がある」

「話ってなんの…」

「いいから座ってくれ」

つかんでいた手に力がこもり、ぎゅっと握られる。

「頼む」

彼にこんなことを言われたら、とても断れない。

「わかりましたから、手を離してください」

陸斗がそう言うと、五十嵐が手を離した。手が離れても、鼓動はまだ速いままだ。落ち着かない気持ちで陸斗は再び座ったが、話があると言った割に、彼はなかなか口を開かない。どこか不可思議な目で、陸斗をじっと見つめている。沈黙に耐えられなくなってきて、自分から聞こうとした時に、彼が言った。

「桂木麻耶のことを聞きたくないのか?」

陸斗は身体を震わせ、しばらくためらってから、正直に言うことにした。

「聞きたいです」

彼の目を見て続ける。

「でも、監督が話したくないことなら聞きません。無理に俺に言う必要もないです」

「そのせいで殺されそうになったのに?」

「過去に何があったとしても、俺には関係ないですから」

五十嵐がかすかに眉を寄せた。

「関係ないか。面と向かって言われると、けっこうこたえるな」

「え…?」

「だが聞きたいんだろう?」

「それは、その…」

「お前には聞く権利がある」

五十嵐は深い息を吐き、椅子の背もたれに寄りかかった。

「同じ役者にも、いろいろなタイプがあるだろう?」

「あ、はい」

「その役によって、自分をさまざまに変化させて演じられる役者もいる。どの役をやっても本人の色が強く出て、それ自体を味としてしまう役者もいる。ごくまれに、役の人物と自分を融合させて演じる者がいる」

「融合…?」

「桂木麻耶は、そういう女優だった。役にのめり込みすぎると、本来の自分との境界線を見失ってしまう」

陸斗は考えた。あの映画で桂木が演じたのは、五十嵐に身も心も奪われて自殺してしまう役だ。彼女がその役と自分を混同してしまったとすれば…。

「じゃあ、監督は桂木さんとほんとに恋愛していたわけじゃなくて…」

「そうだ。彼女が役に重ねて思い込んでいたにすぎない。俺もそれに気づいてはいたが、撮影が終わればいずれ元に戻ると思っていた。だが、製作側の意向で俺と彼女の恋愛話が宣伝として使われ、彼女はますます虚構と現実の区別がつかなくなった。そして、映画と同じように手首を切ってしまった」

陸斗は再び拳を握りしめた。

「でもそれは、監督の責任じゃないでしょう」

五十嵐が溜息をつく。

「いや、違う。俺は麻耶がそういう状態なのをわかっていながら、わざと煽《あお》るようなことをした。役にのめり込めばのめり込むほど彼女の演技は凄《すご》みを増して、すごいものができるとわかっていたからだ。いわば、芝居のために彼女の心を利用した。煽るだけ煽って演技をやめた俺は、弄んで捨てたようなものだろう」

胸が締めつけられる。

彼の目の中に内包されている痛み。あまりにうまく隠されていて、それにずっと気づけなかった。彼女の死を、彼は誰より重く受け止めている。

過去の自分を捨ててしまえるほどに。

「監督に転向したのは、やっぱり…」

五十嵐はかすかに唇を歪めた。

「製作のほうをやりたかったのは本当だ。でも俺はもう、演技をするべきじゃないと思った。俺のまわりで死んだのは、彼女だけじゃない」

「え…？」

「子供の頃、俺の母も自殺した。首を吊《つ》った姿を最初に発見したのが俺だ」

陸斗は衝撃を受けて固まった。

「お、お母さんは、どうして…？」

「今でも理由はわからない。遺書もなかったし、誰も何も知らないと言う。ただあの頃の俺には、自分のせいとしか思えなかった」

陸斗は思わず腰を浮かせて、声をあげていた。

「そんなこと、あるわけないです！　監督はまだ子供だったんでしょう？　何が理由にせよ、絶対にあなたのせいじゃない！」

五十嵐が手でなだめるような仕草をした。

「落ち着け。今では俺もそう思っている」

ほっと気が抜けて、陸斗は椅子に腰を落とした。

「どちらにしても、俺はずっと自分がどこか欠けていると感じていた。心のどこかに穴が空いていて、そこに闇が広がっている。だからいつも演技をしていた。相手が望むような自分を。俺にとって、俳優という仕事は必然だ。他人の人生を演じるのは楽だからな。自分を演じるよりも」

淡々とした彼の口調が、むしろ辛《つら》かった。

母親の自殺とその遺体を見てしまったことが、彼の心に残した傷の深さは計り知れない。自分のせいだと思うことで、どれほど苦しんできたのか。

だからなのだろうか。水上が言ったように、彼は自分自身を好きじゃないのだろうか。自分の命を『たいしたものじゃない』と言ってしまえるほど。

「でも、あなたが演じた人物は、みんな魅力的だった。俺は一目見た瞬間に惹きつけられて、忘れられなくなってしまった。あれはただの演技じゃなくて、あなたの心が反映されていたからだ。俺にとってあなたは……！」

胸が詰まって、言葉が続けられない。以前なら、目標だと言えた。今は、なんと言えばいいのだろう。陸斗がどれほど彼を好きなのか、彼がどんなに大切なのか、わかってもらえればいいのに。

何も言えなくなって見つめていると、彼がふっと笑った。

「そんな顔をするな」

陸斗は思わず顔を伏せてしまった。自分はどんな顔をしているのだろう。同情しているようだった？　それとも、恋心が目に表れてしまっただろうか。

陸斗の心を軽くするかのように、五十嵐が口調をやわらげた。

「俺は監督になってよかったと思っている。麻耶のような役者の力になれるしな。実は少々、お前のことも心配していた」

「え？」

陸斗は思わず顔を上げていた。

「お前も麻耶と同じタイプの役者だ。役にのめり込み始めると、凄みを増す」

「そ、そうですか？」

「だから、日比野にのめり込みすぎないようにさせたかった」

陸斗はピンときた。

「それでイタリアンを奢ってくれたんですね」

「お前が中山陸斗に戻る時間が必要だと思っただけだ。だが、お前は日比野といい距離を保っているし、麻耶とは違う。余計な心配だったな」

陸斗はじっと彼の目を見つめた。

「日比野さんにのめり込んでないのは、当然です。だって俺が恋したのは三上沙織じゃなくて、あなたなんだから」

気がつけば、気持ちが口から溢れ出ていた。

彼はこんなに率直に、自分のことを話してくれた。たぶん、滅多に人に話さないようなことを。そのことが、ただ純粋に嬉しい。

だから陸斗も、嘘をつきたくなかった。言っても無駄だとわかっているし、これですべてが終わってしまうかもしれない。

それでも、どうしても伝えたい。

五十嵐は虚を突かれたような顔をしていた。彼が何か言おうと口を開きかけるのを、陸斗は手をあげて制した。

「稽古でやった芝居と混同してるとか、抜いてもらったからその気になってるだけだとか言うのはナシですよ。そんなことは、もうさんざん頭で考えましたから。でも、頭では制御できない感情があるんです。あなたに対しては」

きっぱり言って、少し笑う。

「監督を困らせるつもりはありません。ただ、知っていてほしい。日比野さんには失礼ですが、俺はいつも、彼女の後ろにあなたを見ていた。浩介が沙織に恋をしている間、俺はあなたを想って演じていた。それが俺の真実だから」

陸斗は再び立ち上がり、決意を声にこめた。

「明日には俺は藤井浩介になり、きっちり演じます。だから見ていてください。どうしようもなく人を好きになるということを、俺はあなたに教わったから」

ぺこりと頭を下げて、ドアへと向かう。今度は五十嵐も引き留めなかった。

7

クランクアップは、夏の終わりだった。

陸斗たちはすっかり家族のようになった仲間たちと別れを惜しみ、そうして、それぞれの生活に戻っていった。

あれから五十嵐とは、仕事以外で会うことはなかった。

役者たちの仕事は終わっても、五十嵐たちの仕事は終わらない。編集し、音楽を入れ、映画を仕上げていく。

完成品が見られるのは冬だということで、それが今から楽しみだった。

陸斗は劇団に戻り、次の舞台の準備を始めた。劇団仲間に映画撮影のことをいろいろ聞かれたが、話していてもまるで人のことのようで実感がなかった。

あの日々が、まるで夢のような気がする。

生まれて初めて、自分では制御できないような恋をしたことも。

陸斗は時々部屋にこもり、五十嵐の出演作を見た。画面の中で彼はいろいろな姿で、いろいろな人間になる。

でも思い出すのは、本物の彼だ。

触れた指の感触。陸斗の名前を呼ぶ声。官能的なキスの味。

思い出すと胸がきりきり痛むのに、彼の姿を求めて画面を見ずにはいられない。そんな日々が続いたある夜、陸斗の部屋に訪問者があった。

こんな時間に誰だろうと思ってドアを開けると、なんとそこにいたのは五十嵐本人だった。テレビ画面から抜け出してきたような感じがして、思わず目を擦ってしまう。

改めてよく見ても、彼はそこにいた。トレンチコートが格好よく決まっていて、築三十年のボロアパートにはまるでそぐわない。

ぼうっと見惚れている陸斗に、五十嵐が眉を寄せた。

「おい、目を開けたまま寝てるのか？」

「え…？」

「部屋に入れろ。ここの廊下は冷える」

「あ、ああ、どうぞ」

陸斗が横にどくと、彼はずかずか部屋に入ってきた。そこでようやく、頭が働き出す。テレビには彼が出ているドラマのビデオが流れているし、蒲団は敷きっぱなしだし、カップ麺の残りもそのままだ。

陸斗は慌てて彼の前に出てテレビを消し、テーブルの上を片づけた。

「来るなら先に電話してくださいよ」

「急に来たら何かまずいのか？」

「掃除くらいしておいたのに」

ばたばたと部屋を片づけ、座るところを作る。蒲団はもう仕方ないので、ざっと畳んで隅に寄せた。

五十嵐は真ん中に立ったまま、物珍しそうに部屋を見まわしていた。

「こんなところに住んでるのか？」

「仕方ないでしょう。あなたと違って、下っ端劇団員は貧乏なんです」

なんとか作ったスペースに座布団を置き、彼が脱いだコートを受け取った。

「どうぞ座ってください。今、お茶をいれますから」

コートをハンガーにかけ、陸斗はキッチンへ向かった。六畳一間なので、数歩移動するだけなのだが。

そこでいつも飲んでいる日本茶をいれ、なるべく綺麗な湯飲みに注いで戻った。

「どうぞ」

湯飲みを座卓に置くと、彼がそれを持ち上げて口元に運んだ。なんだか、ますます現実感が薄れてくる。

あの五十嵐大悟が、陸斗の部屋でお茶を飲んでるなんて。ひょっとしたら夢なのかも。思わず自分の腕をつねったところで、彼が口を開いた。

「けっこう、うまいな」

「そ、そうですか？」

「湯飲みも温められているし、日本茶にはちょうどいい温度だ」

「はあ、どうも」

日本茶にも一家言あるとは知らなかった。

「俺はコーヒーを何杯も飲むと、胃が痛くなるんですよね。だから割と日本茶を飲むんです。この部屋で優雅に紅茶っていうのも似合わないし」

湯飲みを置いて、五十嵐が口元を引き上げた。

「あの映画が公開されれば、出演依頼が殺到するだろう。すぐに、もっといい部屋に住めるようになる」

陸斗はぱっと顔を輝かせた。

「完成したんですか？」

「ほとんどな」

「でも、試写会はまだ…」

「試写で会う前に、確認したいことがあった」

陸斗は首を傾げた。

「何を確認するんです？」

するといきなり五十嵐が手を伸ばし、陸斗の顎をつかんだ。ぐいっと顔を引き寄せ、正面から見据えられる。

久々の彼のアップに、陸斗の心臓が飛び出しそうになった。

「な、何…」

「この目だ」

「え…」

「お前があんなことを言ったせいで、編集している間中、この目に悩まされることになった」

「俺が言ったことって…」

「日比野の後ろに、俺を見ていると言っただろう。おかげで、映像の中のお前に誘惑されている気分になる。こんなくどき方をされたのは初めてだ」

かあっと顔が熱くなる。

浩介が沙織を見つめる時、陸斗は五十嵐を思い浮かべていた。それが映像から伝わってしまうのだろうか。

今さらながら、人に見られるのが恥ずかしい気がする。

「しかも、自分の言いたいことだけ言って、言い逃げしやがって」

「言い逃げはないでしょう。返事はわかってるから、聞かなかっただけです」

「何がわかってるんだ」

「あのホテルで牽制《けんせい》したじゃないですか。相手にはなれないって」

「あれは…」

五十嵐が唐突に手を離す。なんだか妙な気分だった。こんなふうに顔をつき合わせて、彼と言い合いをしてるなんて。

彼は額に手を当て、ふうっと溜息をついた。

「お前を遠ざけようとしたのは、吉原にバレないようにするためだ」

「バレるって何を？」

「俺がお前を特別に思っていることをだ。俺に恨みを持つ者がそれを知れば、確実に狙われる。もっとも、お前が俺の弱点だと、彼にはすでにバレていたようだが」

陸斗は呆然としてしまった。特別に思っている？　五十嵐が陸斗を？

信じられない面持ちで見つめていると、彼が顔をしかめた。

「だいたい、どうでもいい相手のために、この俺が崖から飛び降りるわけがないだろう」

「え…、あれ、芝居だったんじゃ…」

「俺が本気で誰かを命がけで守ろうとしたことなんぞ、今まで一度もないぞ。その意味がわからないのか？」

「で、でも、映画のスタッフは監督の家族みたいなものだから、相手が誰でも助けに来てくれるんだと…」

「お前以外の相手なら、ほかに助けを呼んだだろうな。お前だったから、頭に血が上って後先考えずに追いかけた」

五十嵐が再び手を伸ばし、今度は陸斗の頰に触れた。

「お前といる時間が、俺にも心地よかった。どう理由をつけたところで、お前に触れたのは俺が触れたい衝動を抑えられなかったからだ。繰り返し映像の中のお前を見ている間に、気づかされたよ。稽古で誘惑されていた時から、実はもう、とっくに落とされていたということに」

「あ…」

「お前といるとなぜか、欠けている部分が埋まるような感覚がする。俺の傍にいろ、陸斗。俺にはお前が必要だ」

陸斗はへたっと座卓に突っ伏していた。頭の中が溶けて、身体がゼリーになってしまった気がする。

「おい、何してる」

「監督のくどき文句は、効きすぎます…」

「くどき文句じゃない。これは、お前の告白への返事だ」

五十嵐が座卓をまわってきて、陸斗の顔を上げさせた。

「これが、ベッドへ誘うくどき方だ」

言葉と同時にキスが下りてくる。官能的で、身体に火をつけていくような、彼のキス。彼にこんなふうにくどかれたら、陸斗に拒否などできるはずがなかった。


数刻後、陸斗はベッドではなく、蒲団の上にいた。

そのほんのわずかな距離をどう移動したのか、陸斗は覚えていない。気がつけばもう何も身につけておらず、蒲団の上に横たわっていたのだ。

目の前で、彼が服を脱ぎ捨てるのを見守る。力強い裸身が現れるや、陸斗はその姿に見惚れてしまった。

引き締まったたくましい胸、腕と肩のくっきりとした筋肉の盛り上がり、男として理想的な肉体。

陸斗の心臓は激しく脈打ち、もはや爆発寸前だ。

本物がそこにいることがいまだに信じられず、そうっと手を伸ばす。実際に触れることができたとたんに、彼の身体のことしか考えられなくなった。

我慢できなくなって彼に抱きつき、胸に胸をすりつける。

今までは一方的にイかされていただけで、陸斗のほうから彼に触れたことはない。互いに腕をまわして触れ合うことが、こんなに気持ちいいなんて。

陸斗は夢中で彼に触れ、彼の肌のなめらかさや筋肉の隆起を楽しんだ。

不思議だった。彼は確かに陸斗と同じ男性なのに、どうしてこんなに魅了されてしまうのだろう。今まで自分がゲイだと思ったことはないのに。

思えば初めから、彼に触れられることも、キスすることすら、少しも嫌だと思わなかった。むしろ、それまで経験したことがないほど、感じてしまった。

映像の中で何度も見ていた指。相手役の女優と何度もキスしていた唇。

でもここにいるのは、本物の五十嵐だ。温かい肌と、硬い筋肉と、陸斗を抱きしめてくれる腕を持つ。

触れれば触れるほど、興奮してきてしまう。

手だけでは飽き足らず、唇で彼の顎のラインをなぞった。舌で舐め、じゃれつくように触れていく。すると彼が顔を倒し、キスしてくれた。

官能の波が押し寄せてきて、身体中が痺れるような感覚がする。

彼のキスシーンを見るたび、その唇に惹きつけられていた。初めて間近で見た時、ほとんど無意識のうちにキスしてしまったのはそのせいだ。

こうして彼とキスできる喜びで、胸が熱くなる。もっと欲しくてしがみつくと、彼がもっと与えてくれた。

彼の熱に灼かれ、彼の肌の匂いが身体に染み渡る。雨の日にかけてくれた、あの上着と同じ匂いだ。

ぴったり身体を重ね、壊れそうなほど唇を奪われているのに、まだ足りない。

奇妙な飢餓感に捕らえられ、身体が震える。すでに反応している陸斗のものに手が伸びてきて、震えはさらに大きくなった。

「あ…っ」

「もう辛そうだな」

硬さを確かめるように、軽く握られる。

「一度、出しておくか?」

陸斗は大きく首を振った。

「また一方的にイかされるのは嫌です」

彼の目を見てはっきり言う。五十嵐が口元を引き上げた。

「その意味をわかってるか?」

「わかってます」

あのホテルでは、まだ自分の気持ちに気づいていなかった。

彼への恋を自覚してからは、最後までしなかったことを後悔していた。二度と触れられなくなる前に、彼のすべてが欲しかった。

もう後悔などしたくない。

「俺は、あなたが欲しい」

決意をこめて見つめていると、彼が苦笑した。

「お前のくどき文句は腰にくる」

「え…」

「だからあまり俺を煽るな」

彼が背骨に沿って指を走らせ、後ろに触れた。自分で言い出しておきながら、陸斗の身体が反射的にこわばってしまう。

五十嵐がなだめるように頬を撫でた。

「ここを使うのは初めてなんだろう?」

「はい…」

「この前は、乱暴にして悪かった」

「謝らないでください。俺が本当は嫌がってなかったことくらい、知ってたでしょう? 身体は頭と違って正直だから」

「今度は、頭の中までとろかせてやる」

耳元に囁かれ、ぞくっと身震いした。下半身を直撃するのは、彼のほうである。感じてしまうのは耳が弱いせいではなくて、彼の声なのだ。

囁くだけで彼は陸斗の身体から力を奪い、筋肉をぐにゃぐにゃにする。へたっと彼の胸に顔を伏せた陸斗を、彼が蒲団に横たえた。

「膝を立てろ」

軽く足に手を添えて、そう指示される。陸斗はおずおずと従った。

「力を抜いて、足を開け」

次の指示に従うには、勇気が必要だった。中心は硬く勃ち上がっているし、すべてを彼に見られてしまう。

五十嵐が膝にキスをして、優しい声を出す。

「大丈夫だ、俺を信じろ」

陸斗は震える身体を押さえつけ、ゆっくり膝を開いた。彼の手が太腿《ふともも》を撫で、足の間に入ってくる。

深く息を吸い、次の衝撃に身がまえていると、彼が微笑んだ。

「目を閉じて感じてみろ。考えずに、感じるんだ」

言われた通りに目を閉じる。すると、するりと指が中に潜り込んできた。

びくっとして、侵入してくる指を押し留めようとした。太腿に力を入れて締めつけてみたが、中の指は動きを止めない。

その刺激が神経を駆けめぐり、大混乱を引き起こす。

身体が言うことを聞かなくなってきて、陸斗は仕方なく再び足を開いた。

「それでいい」

「あ…っ」

目を閉じているので、そこの感覚だけが鮮明だった。押し広げられ、侵略されている感覚。

一方で、もどかしく、何かが目覚めていくような感覚。

次第に内側が指の動きに順応し、陸斗の身体に震えが走った。

指が増やされ、陸斗の腰が持ち上がる。中を擦り上げられ、さらに深く受け入れる。心臓の鼓動は早鐘を打ち、身体がバラバラになりそうな気がした。

「あ、ああ、もっ、監督…！」

救いを求めて呼ぶと、彼の声が耳元に聞こえた。

「俺はもう、監督じゃない」

「あ…」

「俺の名を呼べ、陸斗」

「あ、あ、大悟さん…！」

彼の名を口にすると、全身が熱に覆われた。すべての神経が敏感に反応し、指の動きに合わせて腰が揺れる。

「大悟さん…っ！」

悲鳴のように呼んだ時、指が引き抜かれた。代わりに、彼の硬くなったペニスが触れる。

陸斗は従順に足を開き、その時を待った。

彼がゆっくりと入ってくる。

指とは比べものにならない圧迫感に、息が詰まった。でも心の奥からわき上がるような悦《よろこ》びと、充実感がある。

これは、五十嵐だ。

ずっと画面の向こうにいた彼が、陸斗の中にいる。

深く差し入れたまま、五十嵐が動きを止めた。

「大丈夫か?」

陸斗はこくこくと頷き、目を開けた。

見るたびに魅了される、完璧な裸身。自分を覗き込んでいる、端麗な美貌。瞳に浮かんでいるのは、誘惑の光だろうか。いや、違う。これは、前にも見た。

崖の上で、陸斗を助けてくれた時に。

心の中から溢れ出ているような、むき出しの激しい感情を。

「あ…、大悟さ…」

彼への気持ちが膨れ上がり、腰が自然と揺らめいた。

「陸斗…!」

五十嵐がうめくように呼び、次の瞬間、激しく動き出した。ぎりぎりまで引き出し、再び奥まで貫かれる。

何度も腰が打ちつけられ、あらゆる感覚が嵐《あらし》を起こす。

「あ、あ…っ」

彼の動きに全身を揺るがせながら、陸斗は彼の肩にしがみついた。

ずっと彼が欲しかった。

欲しかったのは、この行為だ。

固く目をつぶり、彼のすべてを貪った。身体の中の灼熱《しゃくねつ》の塊。瞳の中の激情。耳に届く彼の息遣い。

確かにここに存在している、彼という人間そのもの。

そのすべてが愛しい。

「あ、ああっ!」

彼に必死にしがみつきながら、陸斗は達していた。

彼の手が背中を撫で、唇が軽く額に触れる。陸斗はぐったりしたまま、彼の手と唇の感触を楽しんだ。

「気持ちよかったか?」

単刀直入に聞かれ、陸斗はかっと赤くなった。

「そういうことを聞かないでください」

「聞かなきゃわからないだろう」

「み、見てわかるでしょう」

「よくなかったなら、もうやめておくか」

陸斗は顔を向けて、彼を睨んだ。絶対にわざとだ。でも、黙ってはいられない。

「気持ちよかったです!　今まで経験したことないくらい!」

開き直ってそう怒鳴ると、五十嵐が微笑んだ。頭がくらくらしてしまう。囁く声も、誘惑の瞳も陸斗の力を奪ってしまうが、彼の笑顔は威力がありすぎる。

額にキスをして、彼がうっとりするような声で言う。

「じゃあ、これからもっとしよう。何度でも」

またも赤くなりながら、陸斗はふとこの先のことを考えた。

五十嵐は人気俳優で、有名監督だ。今回の映画で主演したとはいえ、陸斗はまだ無名の俳優である。

本当に、彼の傍にいることなどできるのだろうか。男同士というだけでも、リスクが高いのに。

まるで陸斗の不安を察したように、五十嵐が頭を撫でた。

「あの映画の結末を覚えているか?」

「もちろんです」

藤井浩介は、沙織の夫を殺そうとする。でもどうしても殺すことができず、苦しんだ末に最後は沙織と別れることを選ぶのだ。

「あれは失恋の話じゃない。再生の話だ。傷ついて、間違いを犯しても、人間はやり直すことができる。自分を信じているかぎり」

「大悟さん…」

五十嵐と桂木が共演した映画では、主人公は恋に破れて自殺する。でも五十嵐の映画では、立ち直ってやり直すのだ。

彼はこれがやりたかったのかもしれない。

死を選んでしまった桂木への想いもこめて。

「大悟さんも、俺の言葉を覚えていますか?」

「気持ちいいって言葉か?」

「そうじゃなくて」

陸斗は咳払《せきばら》いをして続けた。

「いつかあなたに追いついてみせると言ったでしょう。俺は今でもそう思ってます。いつか必ず、あなたの横に堂々と立てるようになりますから」

「期待している」

五十嵐はそう言って微笑み、またも陸斗の頭を痺れさせてしまった。

エピローグ

エンドロールが流れ始めると、会場から拍手がわき起こった。

映画の公開に先駆けて行われた試写会は、関係者やマスコミで満席である。陸斗も思わず拍手しながら、一つ離れた席に座る五十嵐の顔を仰ぎ見た。

映画の公開前に彼は忙しく飛びまわっていて、会えたのは久しぶりだ。今日は舞台挨拶もあるため、イタリアンスタイルの黒いスーツに身を包んでいる。

彼が正装すると、その迫力は絶大だった。ほかを圧倒する存在感。何度見ても慣れることがなく、彼に見惚れてしまう。

陸斗が映画の完成品を見るのは今日が初めてで、まるでただの観客として会場にいる気分だった。

実際のところ、映画に出ている人物が自分とは思えない。ある意味、本当に別人だと言える。あそこにいるのは陸斗ではなく、藤井浩介だから。

監督と出演者が舞台の上に呼ばれてそれぞれ挨拶している時も、陸斗は藤井浩介になっていて、映画の続きを演じているようだった。

「中山さん、撮影中、日比野さんといいムードだったというのは本当ですか？」

どこか芝居のような感覚があるので、記者の質問にもにっこり笑って答えることができる。

「日比野さんは憧れの女性ですから、共演できてとても光栄でした」

「初めての映画撮影はいかがでしたか？」

「日比野さんを始め、みなさんに面倒を見てもらって、いい勉強になりました」

「五十嵐監督とはどんな話を？」

彼の名前が出たとたん、芝居感覚が消えてしまった。変にどぎまぎしたために、言葉がうまく出てこなくなる。

「え、えーと、演技のこととかをいろいろと…」

「演技指導を受けたんですか？」

「あの、そうです、ただの稽古で…」

彼を誘惑したシーンとか、ほかのこととかを思い出してしまい、ますます頭に血が上る。

すると、横にいた五十嵐が助け船を出してくれた。

「彼はほんの少しポイントを指摘するだけで、こちらの要求に百パーセント応えてくれるので、とてもやりやすかったですね」

「監督、今回の映画の見所は？」

「もちろん、日比野さんの妖《あや》しい魅力と、中山くんの恋する男の情熱です。すばらしい二人の演技に注目してください」

質問が五十嵐に移ったのでほっとしつつも、陸斗はわずかに顔を赤らめてしまった。


「今日はすみませんでした」

五十嵐のマンションに着いて二人きりになってから、陸斗は謝った。

「なんか、醜態をさらしちゃって」

彼が喉の奥で笑う。

「初めてにしては妙に堂々としてると思ったら、急にしどろもどろになったからな。こっちのほうが驚いた」

「演技指導のこととか聞かれて、つい動揺したんです」

「どんな稽古をしたか話したら、映画より話題沸騰だ」

「やめてくださいよ」

彼らは五十嵐の部屋で、ソファに並んで座っていた。

ここで、彼を誘惑したのだ。初めてイかされてしまったのも、ここだった。彼にくどかれると、腰が砕けたようになって…。

思い出すとなんだか身体が熱くなってきてしまい、陸斗は慌てて映画の話に集中することにした。

「監督はほんとに、俺の演技に満足してくれましたか？」

五十嵐はかすかに眉を寄せた。

「なぜ、そんなことを聞く？」

「自分ではよくわからないんです。なんていうか、あの時は藤井浩介に乗っ取られていたような感じで……」

「映画を見た感じはどうだ？」

「客として、普通に映画館で見てるみたいに引き込まれました。台詞とかちゃんと覚えてるんですけど、次はどうなるのかわくわくしたりして。我ながら変な気分です」

「それだけ集中していたということだろう」

くしゃっと髪を撫でられる。

「俺は嘘はついてない。お前はわずかなヒントだけで、それ以上のことを表現できる。そういう役者はなかなかいない」

陸斗は感動してしまった。彼は本当に、自分を認めてくれているのだ。

「そういえば、長いカットではあまり駄目出しされませんでしたよね。短いカットは何度もやり直したりしましたけど」

「長いシーンは、そんなにテンションが続くものじゃない。何度もやるとなめらかにはなるが、インパクトが薄れていくからな」

「それって、俳優としての経験からですか？」

「そんなところだ」

彼は役者を撮るのがうまい、という水上の言葉を思い出す。映像になって見てみると、確かにそれぞれの魅力がより際立っていたように思う。

改めて、監督としての彼の力量を感じた。

「俺は監督と仕事ができて、ほんとによかったと思います」

真剣な気持ちでそう言ったのに、彼は顔をしかめた。

「俺はもう監督じゃないと言っただろう」

彼が横から片手を陸斗の膝の下に入れ、もう一方の手を背中にまわした。ひょいっと抱え上げられるや、彼の膝の上に下ろされる。

子供みたいに膝に乗せられた格好になり、陸斗は焦った。

「あの、大悟さん…？」

「久しぶりに会えたのに、映画の話ばかりするな」

目を丸くしてしまう。監督のくせに、自分の作品の話をするなとは。

「でも今日は試写会で、俺は初めて見たんだし」

「仕事の話は終わりだ」

くいっと顔を上げさせられる。

「それとも、仕事以外は関係ないか？」

「え…？」

「俺の過去のことなど関係ないと言っただろう」

陸斗は目を瞬いた。いつそんなことを言っただろうか。そうだ、桂木麻耶の話を聞いた時だ。

「あれは、あなたの過去に何があっても、俺の気持ちは変わらないっていうことです。大悟さんのことを関係ないなんて言ってません」

「映画とは関係なくても、お前は俺に会いたいか？」

「会いたいに決まってます」

「じゃあもっと、そういう態度をしてみせろ」

なんだろう。なんとなく、彼が甘えているような感じがする。陸斗が映画の話ばかりするので、すねているような…。

「えーと、あれですか？　コネとか立場とか関係なく、あなたを好きなことを証明しろというような…」

五十嵐がにやっとした。

「証明できるのか？」

陸斗は軽く咳払いをして、彼の首に腕をまわした。

「証明なんかしなくても、今に必ずあなたにもわかります。俺がどんなにあなたを好きなのかが」

どこかで聞いたような台詞を言って、唇を重ねる。

最初は軽く、味わうように触れ、それから強く押しつけ、舌を差し入れた。キスを深くすればするほど飢餓感が募り、もっと触れずにはいられなくなる。

彼の頭を両手で抱え込み、官能的な唇を貪った。

鼓動は脈打ち、血が沸騰したように熱くなり、身体は快感で打ち震える。キスだけで、陸斗をこんなふうにしてしまうのは彼だけだ。

長いキスを終わらせた時には息がすっかり上がっていて、陸斗は頭を彼の肩口に乗せて休んだ。

「わかってもらえましたか？」

乱れた息の合間にそう言うと、彼の笑いが胸から伝わった。

「いや、まだだ」

頰に手を添え、彼が耳元で囁く。

「これから俺が証明してやる。お前は俺のものだと」

ぞくぞくした震えが走り、陸斗の身体から力が抜けてしまった。そのせいで、忍び込んでくる彼の指に抵抗できない。

いつの間にかズボンのベルトがはずされ、ファスナーも引き下ろされ、素肌の上を手が這いまわっている。

膝に抱えられた格好でなすすべもなく、陸斗は小さく喘いだ。

ひょっとして、これが彼の手だったのだろうか。さっきのすねたような態度も、くどきのテクニックだったのかも。

五十嵐については、まだ知らないことが多いと思う。でも、どんな彼も魅力的に思えてしまうのだから仕方がない。

熱い愛撫に身を任せながら、これから少しずつ、彼のことを知っていければいい、と陸斗は思った。

誘惑はカットのあとで

CHARADE BUNKO

「これ、うまいですね」

中山陸斗《なかやまりくと》は舌鼓を打った。

ここは中華料理店の個室である。五十嵐大悟《いがらしだいご》と二人でテーブルを囲み、並べられた皿の中からチャーハンを食べたところだった。

「ご飯の焼き具合もべたついてなくてちょうどいいし、チャーシューの味がきちんと染みててコクがあるし」

五十嵐が重々しく頷《うなず》く。

「中華料理では、チャーハンの味でだいたいその店の味がわかる」

「そうなんですか?」

「チャーハンがうまければ、ほかの料理もうまい」

「なるほど」

陸斗はほかの皿からも取り分け、ちゃくちゃくと平らげた。

五十嵐と外で会う時は、『うまいものを食べる会』になることが多い。彼にはちょっとした料理にも微妙なこだわりがあり、それを聞くのが楽しかった。

俳優として映像の中にいる時もカッコよく、映画監督として指揮をとっている時もカッコいい彼が、真面目《まじめ》な顔で料理談義をするのがおもしろくてたまらない。

「大悟さんって、うまい店をよく知ってますよね。情報とか集めてるんですか？」

「俺はネットや雑誌の情報はあまり信用しない。知り合いに聞くこともあるが、自分の舌で確かめるのが一番だ」

「でも俳優時代には、そんな暇なさそうだったのに」

「ロケで出かけた先や、ドライブ中に見つけた店がほとんどだな」

陸斗は納得して頷いた。

「だから郊外の店が多いんですね。繁華街だと駐車場を探すのが大変で、車じゃ行けないし」

「当時はまわりがうるさかったからな」

「今でも変装ぐらいしたほうがいいですって」

陸斗は改めて彼を見つめてしまった。

俳優をやめてからも、彼の存在感は変わらない。ただそこにいるだけで、人の目を惹《ひ》きつけてしまう。

陸斗はいまだに信じられない気分になることがある。

あの五十嵐大悟と、一緒に中華料理を食べてるなんて。実物の彼と会って、一緒にいて、触れることすらできるのだ。

もし過去に戻り、彼の出演作を集めまくっていた頃の自分にそう言っても、絶対に信じないだろう。

五十嵐がふっと笑んだ。

「食事中に、そういう目で俺を見るな」

「え…」

「いくら個室だといっても、いつ誰が入ってくるかわからないぞ」

「べ、別に見てるくらいじゃ誰も…」

「俺のほうが、見てるだけじゃ満足できなくなる」

彼を取り巻く空気が色を変え、陸斗はぽっと赤くなってしまった。

「そういうこと言わないでください」

速くなる鼓動を抑えようと、手元の皿に意識を集中した。

「大悟さんのくどき文句は、シャレになりません」

「シャレで言ったつもりはないぞ」

「俺の理性が切れたら、どうするんですか」

「どうなるんだ?」

おもしろがっている口調に、むっとしてしまう。陸斗がうっかり反応してしまったことなど、お見通しに違いない。

彼はいとも簡単に、陸斗の身体《からだ》を熱くすることができる。ほんのひと言、誘惑の言葉を言うだけで。

やられる一方なのは、どうにも気に入らない。

「ほんとに知りたいんですか？」

「ああ」

「いいんですね、どうなっても知りませんよ」

陸斗は椅子《いす》を蹴《け》立《た》てて立ち上がった。つかつかとテーブルをまわって彼に近づく。がしっと両手で頭を挟み込み、噛《か》みつくように唇を重ねた。

彼の唇は温かく、やわらかく、かすかにオイスターソースの味がする。

強く押しつけ、舐《な》めまわし、彼の舌を追いかけた。触れた瞬間にキスのことしか考えられなくなり、ここがどこかも忘れてしまう。

その時ドアの向こうで女性の笑い声がして、陸斗はどきっと我に返った。

彼から飛び離れ、手の甲で唇を拭《ぬぐ》う。それからなんとか態勢を立て直し、何気ないふうを装って席に戻った。

「ほら、こういうことになると困るでしょう」

なるべく平然と言ってみたのだが、彼は意味ありげに笑った。

「確かに困ったことになったな」

わざとらしく視線が下に向く。テーブルがあるから見えないと知ってはいても、陸斗は思わずジャケットで前を隠していた。

馬鹿なことをしてしまった。彼の唇が官能的なのは知っていたのに。自分で自分を煽《あお》るような真似《まね》をしてどうするのだ。

こんな場所で、欲情してしまうなんて。

「知ってるか？　食事とセックスは似てるという話を」

「だから、そういうこと言わないでください」

「すぐ会計するが、俺の部屋まで待てるか？」

「…なるべく早くお願いします」

ぼそりと言った陸斗に、五十嵐は笑って伝票を手に取った。

入口の近くで会計を待っている間、陸斗はふと気がついた。

店が混んでいるようで、並んだ椅子に座って待っている客がいる。その女性客二人が、こちらを見てこそこそ何か話をしているのだ。

だから変装したほうがいいと言ってるのに。彼らが一緒にいても、仕事で関係がある『映画監督と俳優』ということで、変に怪しまれないとは思う。

でも、陸斗の今の状態を考えると、なんだかいたたまれない。ファンである彼女たちに、後ろめたい気がしてしまう。

陸斗は溜息《ためいき》をつき、五十嵐の袖《そで》を引いた。

「大悟さん、見つかったみたいですよ。早く車に戻ったほうが……」

そう言っている傍《そば》から、女性たちが近くに寄ってきた。一人は髪が長く、一人はショートヘアで、二人ともなかなかの美人だ。

「あの、すみません」

遠慮がちに声をかけられる。

「中山陸斗さんですよね？」

「え？」

陸斗はぽかんとしてしまった。

「俺、ですか？」

「やっぱり。私たち、この前あなたの映画を一緒に見てきたところなんです。すごく、おもしろかった」

「あの、それは、どうもありがとう」

「こんなところで会えるなんて、すごくラッキー。あ、そうだ、何かにサインをもらえますか？」

二人がバッグの中を探し始める。

「ええと…」

陸斗は困った。実のところ、まだサインのことなど考えていない。普通に楷書で名前を書いてもいいものだろうか。

動揺しているのが伝わったのか、五十嵐が前に出てくれた。

「申し訳ありません。今は中山のプライベートな時間ですので、遠慮していただけますか？」

にっこり彼に微笑《ほほえ》まれ、女性たちはぼうっと固まった。

「いずれきちんとサイン会なども行われると思いますので、どうかこれからも中山をよろしくお願いします」

まるでマネージャーみたいな態度で会釈して、彼が陸斗を外へ連れ出す。彼の車に乗ってから、陸斗はほうっと息をついた。

「驚いた…」

五十嵐が横でにやっとする。

「変装が必要なのはお前のほうだな」

「でも映画は公開されたばかりだし、俺はあれしか出てないんだし、大悟さんのほうがぜんぜん有名じゃないですか」

「露出度が減れば、注目されなくなると言っただろう。お前はこれからどんどん増える」

陸斗はうめいた。

映画が公開されてから、テレビの出演依頼や、ＣＭの話が舞い込み始めている。今は劇団を通すように頼んであるのだが、主宰者の木戸《きど》にも早く態勢を整えろと言われていた。

「少なくとも、サインぐらいは練習しておけ」

「すみません。なんか、まだ実感がわかなくて…」

「この仕事を続けるつもりなら、俺がいい事務所を紹介してやる」

「ほんとですか？」

「マネージャーもつけたほうがいいだろうな。金儲《かねもう》けより、お前自身のことを考えて仕事を選び、ゲイじゃない奴がいい」

陸斗は目を瞬《またた》いた。

「えーと、もしかして心配してます？」

「この業界にはゲイが多いからな」

思わず笑ってしまう。

「俺には、大悟さんしかいないです」

「いいくどき文句だ」

五十嵐が口元を引き上げる。

「また誰かに見つかる前に、二人きりになるとするか」

彼がアクセルを踏み込み、車が発進する。陸斗はちらっと窓の外を見た。

これからは陸斗も、人目を気にしたほうがいいのだろうか。妙な噂《うわさ》が立ったら、五十嵐に迷惑をかけてしまう。

漠然とした不安を感じながらも、彼といられるだけでいいと陸斗は思っていた。


公開された映画が話題になり、取材などを受けているうちに、陸斗の近辺が騒がしくなってきた。

仕事に関しては、とりあえず今は劇団の次の舞台に出ると決めていたのだが、テレビのインタビューや雑誌の取材が相次いだ。

今度の舞台ではけっこういい役をもらえたし、今までにないほどチケットが売れているという。

本番に向けての稽古に加え、テレビ出演などもあり、やたらと忙しくなってしまった。

仕事が順調なのはいいことなのだが、五十嵐に会う時間がなかなか取れない。彼のほうも次の仕事にかかっているらしく、忙しそうであまり連絡もできない。

『演技指導』にかこつけて、彼のマンションに押しかけようか、などと考えている時に、とあるスクープが週刊誌の見出しを飾った。

『五十嵐大悟、川原葵《かわはらあおい》と結婚か！』

吊《つ》り広告でそれを見た陸斗は、思わず売店でその週刊誌を買ってしまった。

記事の内容は、だいたいこうだ。五十嵐の初監督作品の主演女優である川原葵は、その頃から五十嵐と恋愛関係にあり、このたび妊娠が発覚。

結婚については二人とも『ノーコメント』を通しているが、川原は子供を産む決意を固めているらしい。彼女の事務所が出産に備えて仕事をセーブしている、という情報で締めくくられていた。

陸斗は何度もそれを読み返した。週刊誌の記事をそのまま信用するつもりはない。ある程度、憶測やデマが入るのはよくあることだ。

それでも、この記事には妙な信憑性《しんぴょうせい》があった。

川原葵は二十六歳で、シリアスなドラマからコメディまでこなせる、人気女優だ。五十嵐の映画に出てからさらに人気が上がったし、当時の二人の熱愛報道も覚えている。

一緒に仕事をした美人女優と毎回のように噂になるので、五十嵐は相当なプレイボーイなんだろうと思っていたものだ。

彼の女性遍歴を考えれば、陸斗との関係は奇跡みたいなことに違いない。

でもよく考えてみると、自分も彼と仕事をしていて、こういうことになった。

彼はさほど深い意味もなく陸斗にキスしたり触れたりしたし、同性だとか、仕事相手だとかに手を出すのもあまり気にしていないような気がする。

では、また次の映画を撮り始めたら、次の人と…？

いやその前に、川原に子供ができたのが本当なら、彼は結婚してしまうかもしれない。

理性では、こんな記事を信じるべきじゃないとわかっていた。でも、心のどこかが疑ってしまう。

五十嵐にはまだわからないところがあり、私生活のことはほとんど知らない。

陸斗が知っているのは、映像の中の彼と、映画監督としての彼だけだ。一緒にいられるのは、食事に連れていってくれる時と、抱き合う時だけ。

今、彼が陸斗の傍にいてくれるからといって、この先もずっとそうだと思い込めるほど、楽天的にはなれなかった。

自分の過去を振り返ってみても、つき合った女の子とさほど長続きしなかったのに。

こんなふうに、制御できないほど好きになったのは五十嵐が初めてだが、彼のほうはどうなのだろう。

陸斗をたやすく熱くさせるくどき文句も、身体をぐにゃぐにゃにしてしまう甘い言葉も、彼が『恋人』を演じる時に言う台詞《せりふ》なのだとしたら…。

しばらく会っていない状況も相まって、思考はどんどん悪い方向へ転がっていく。

川原のことを彼に聞きたかったが、電話すると変に情けないことを言ってしまう気がする。だからただ、『会いたい』というメールを送ったところ、思いがけない返事が来た。驚いたことに、週末の一泊旅行に誘われたのだ。

喜んでいいはずなのに、何かが心に引っかかった。彼が陸斗の稽古が休みの日に合わせ、こんな誘いをしたのは初めてである。

わざわざ二人で都心を離れ、一泊してまで話さなければならないことがあるのだろうか。電話で済ませられないほど重大で、簡単には説明できないことを？

別れ話。

頭に浮かんだ言葉に、陸斗の背筋が冷えた。

彼は川原のことについて、何も触れていない。ひょっとして、そこで彼女のことを話すつもりなのだろうか。やっぱりあの記事は本当で、彼女と結婚することにしたんだと。

最後の思い出として夜を過ごし、そこで別れを切り出される？

ますます思考が転げ落ち、さまざまな別れのシーンが頭に浮かんだ。どんなシミュレーションをしても、不幸な結末しか想像できない。

週末の土曜日、時間通りに彼の車が迎えに来た時は、むしろ逃げ出したい気分になっていた。でも運転席にいるサングラスをかけた彼を見た瞬間、どきりと胸が高鳴ってしまう。なんであれ、彼に会えるのが嬉《うれ》しいのはどうしようもない。

陸斗は逃げ出すのを断念し、いつものように助手席に座った。

シートベルトを締めて、彼の顔をうかがう。外出する時も彼は身分を隠すことに無頓着《むとんちゃく》なので、サングラスをかけた姿は初めて見る。

ただでさえ読みづらい表情が、黒いグラスのせいでますますわからない。不安な気持ちを抱えたまま、車は発進した。

黙っていると息が詰まりそうになり、陸斗は口を開いた。

「それで、どこへ行くんですか？」

「着けばわかる」

「何か変なところじゃないですよね」

「心配するな。二人きりでいられる場所だ」

二人きり。普段の陸斗なら、どぎまぎと喜んでいるところだ。でもこの鼓動の高まりは、緊張のせいだった。

誰にも聞かれないように、どこか邪魔の入らない場所で、じっくりする話。

嫌な予感に捕らわれて、その後は沈黙を保っていた。何を言えばいいかわからなかったし、余計なことを言って事態を悪くしたくない。

車は快調に高速道路を走り、しばらくすると海が見え始めた。高速の出口を出てからも、海沿いの道を走っている。

陸斗は景色を眺めながら、ぼんやり考えた。これが夏なら、ちょっとした旅行気分を味わえる。でも今は、冬なのだ。人気《ひとけ》のない、冷たい風が吹きすさぶ砂浜。

別れ話には似合いすぎる舞台ではないか。

五十嵐が出演したドラマに、確かそういうシーンがあった。二人の心境を表すかのような、寂しい海辺。打ち寄せる波は厳しく、灰色の空は寒々しく、恋人たちの別れは辛《つら》い。

あの時の五十嵐の台詞はなんだっただろう。

『君を愛している。でももう、一緒にはいられない』

彼の声が耳元で聞こえたような気がして、ぶるっと震える。いや、あれはドラマだ。現実とは違う。そう自分に言い聞かせても、頭に浮かんだ場面はなかなか消えない。

車が停《と》まった時も、陸斗はその映像に捕らわれていた。

「陸斗？」

目の前で手を振られ、はっと我に返る。

「着いたぞ」

慌てて見まわすと、南欧風の一軒家の前にいた。

「…ここは？」

「息抜きのために俺が持っている別荘だ」

「別荘…」

「管理人に知らせておいたから、泊まるのに必要なものは全部揃《そろ》っている」

陸斗は車から降り、改めてその家を見上げた。さほど大きな家ではないがポーチもあり、外国のビーチハウスを連想させる。

海側の高台に建っているので、窓からも海が一望できるのだろう。

「いいところですね」

「前の道を下っていくと、浜辺に出られる。暗くなる前に散歩でもするか？」

「はい」

陸斗は頷き、歩き出す彼のあとについていった。坂をしばらく下りて、広い道に出る。そこを渡ると、もう海だった。

冬の夕方とあって、さすがに人の姿はなく、波は冷たそうに泡立っている。想像していた舞台風景に、ますます近づいているようだ。

陸斗は波打ち際まで歩き、水平線に目をやった。

『君を愛している。でももう…』

彼の台詞が脳裏によみがえり、また震えが走ってしまう。

すると、肩にばさりと何かがかけられていた。どきっとしてよく見れば、五十嵐のコートだ。振り向いた陸斗に、彼が苦笑する。

「さすがに寒かったたか」

「…夏なら最高のロケーションですね」

「だが俺は、冬の海のほうが好きだ」

静かな声で彼が言う。

「人がいなくて寂しい分、落ち着いて自分の心と向き合える」

陸斗はぎゅっと彼のコートを握った。温かい。彼の体温と匂《にお》いにくるまれているようだ。

あの夏の雨の日、頭にかけてくれたジャケットと同じように。

失いたくなかった。

このぬくもりだけは、どうしても。

「大悟さん」

「なんだ?」

「どうしてここに連れてきてくれたんですか?」

「お前が会いたいとメールしてきたからだろう」

陸斗はぐっと拳《こぶし》を握りしめた。こんなに優しくされたら、もう我慢できない。

「もう、いいです。話があるなら、早く言っちゃってください」

緊張状態に耐えられなくなって、とうとう陸斗は彼に詰め寄った。

「大悟さんが心に決めたことなら、もうどうにもできないのはわかってます。でも俺は、あなたと別れたくない。どんな形でもいいから、傍にいたい。絶対に邪魔したり、面倒をかけ

たりしませんから、俺を遠ざけないでください…！」

必死で言い募っていると、彼がサングラスをはずした。妙な表情をして、陸斗に目をやる。

「おい、いつの間に、別れるなんて話になったんだ？」

「だって、川原葵さんに子供ができて、結婚するって…」

「まさかお前、あの記事を信じたのか？」

「え…」

「あんなものがデマだってことぐらい、わかりそうなもんだろう」

「あ…」

いきなり気が抜けて、陸斗はへたっと砂浜にしゃがみ込んでいた。

「なんだ…。やっぱりデマだったんだ…」

「どうも様子がおかしいと思ったら、そんなことを考えてたのか」

五十嵐が溜息混じりに言う。

「俺は彼女に相談を受けていただけだ。たまたま一緒にいるところを見られてあんな記事になったんだろうが、彼女の相手は一般人だ。向こうの両親が結婚に反対しているせいで、事態がはっきりするまでマスコミには伏せる必要があった」

「だったら、大悟さんは相手じゃないってことだけコメントすれば…」

「一般人の彼に迷惑はかけられないと彼女が言うから、あえて否定しなかった。俺ならマスコミ対応は慣れてるからな」

「そういうことは、先に言っておいてくださいよ…」

「あんな記事をお前が信じるとは思わなかった。だいたい、事実が知りたいなら俺に聞けばよかっただろう」

陸斗はへたり込んだまま、上目遣いで彼を見上げた。

「答えが聞きたくないものだったら、どうしようかと思って…」

「つまり、俺を信じてなかったわけだ」

「それは、その…」

「俺が女と子供を作り、お前を捨てると思ったんだな」

「いや、だから…」

「ずいぶんと俺は信用がないらしい」

くるっと背を向けられてしまい、陸斗は焦った。

「ち、違います！」

なんとか足に力を入れて立ち上がり、彼のシャツをつかんだ。

「俺が信じてなかったのは、俺自身なんです」

彼がちらっと目を向けてくれる。

「俺はずっと、あなたを映像の中で見てました。だから今でも時々、本物のあなたが俺といてくれるなんて、夢じゃないかと思ってしまう」

少し赤くなって続ける。

「こういう冬の海辺で、あなたが恋人に別れを切り出すシーンがあったじゃないですか。なんとなく、そのドラマと重なって…」

五十嵐が呆《あき》れたような表情になった。

「お前、そんなものまで覚えてるのか」

「仕方ないでしょう。あなたが出てるシーンは何度も見たし」

「俺はドラマの中の人間とは違う」

「わかってます」

陸斗はまっすぐ彼を見つめた。

「俺が恋をしたのは、本物のあなただから」

「俺を信用していないのに？」

「信じてますってば。でもどうしようもなく好きだから、変なことまで考えて、ぐるぐるしちゃったんです」

五十嵐が口元を引き上げた。

「本当に俺を信じてるか？」

「もちろんです」

彼が陸斗の顎《あご》に手をかけ、目を覗《のぞ》き込んでくる。

「じゃあ、それを証明してみせろ」

下腹部を直撃するような、誘惑の声。冷たい海辺の空気が急に色を帯び、陸斗は唾《つば》を呑《の》み込んだ。


「あのう…、大悟さん?」

陸斗はおずおずと言った。

別荘に戻って中に入ったとたんにベッドに連れ込まれ、裸に剝《む》かれてしまったのだ。しかも、両手はバスローブの紐《ひも》でベッドヘッドの支柱にくくりつけられている。

アダルトビデオのような状況に、戸惑うしかない。

「これはいったい…」

五十嵐がにやっとする。

「俺を信じているんだろう?」

「は、はい」

「じゃあ、おとなしくしてろ」

キッチンのほうで笛のような音がして、五十嵐が振り向いた。

「ああ、湯が沸いたな」

寝室を出ていく彼に、陸斗は目をぱちくりさせてしまった。お湯？　この状態で、お茶でも飲むのだろうか。

戻ってきた彼は大きめのカップを手にしていたが、ちらりと見えた中身は透明のようだ。さらにもう一方の手には、氷の入ったワインクーラーを持っている。

ワインは入っていないのに、何に使うのだろう。

「大悟さん…？」

不安げに呼びかけると、彼が傍にあったスカーフを取り上げ、それで陸斗に目隠しをしてしまった。

ますますアダルトビデオみたいになってくる。確か、彼がこういうタイプの話に出演したことはないはずなのに。

「あ、あの、これ、マジですか？」

「俺を信じてるなら、見えなくても平気だろう」

「で、でも…」

こういうのは、信頼とは別な問題の気がする。

視界もなく、身動きもできず、心臓の鼓動だけがうるさく聞こえた。素肌に当たっている空気は少し冷たく、彼に全部見られていると思うと、肌があわ立つ。

いきなり指がすうっと首筋を走り、陸斗はびくっと震えた。

「あ…っ」

指は首筋から鎖骨をたどり、胸に下りていく。触れるか触れないかの刺激に、肌がびりびり痺《しび》れた。

「大悟さ…！」

「これはなんだ？」

甘い、誘うような声が質問する。

「答えろ、陸斗」

下腹のあたりを撫《な》で上げられて、陸斗の喉《のど》がひくっと鳴った。

「だ、大悟さんの指…」

「じゃあ、これは？」

今度は、ざらっとした温かいものに、乳首のまわりを舐められる。見えてないせいか、いつもより敏感になっていて、ぞくぞく感じてしまった。

「大悟さんの舌…」

「ここは？」

ぷくっと尖《とが》った突起を舌がつつく。舌先で転がされ、そこがさらに硬くなってしまう。

「俺の、乳首…」

なんとか答えを言うと、いきなり歯を立てられた。

「いたっ…」

「違うだろう」

彼の声が耳に絡む。

「これは、俺の乳首だ」

「あ…」

間違えた罰のように、しばらく乳首を噛んだり吸われたりし、陸斗は悶えさせられた。

ようやくそこから離れた舌は脇腹を通って、足のつけ根まで行く。焦らすようにまわりに舌を這《は》わせたあと、ふいに勃《た》ち上がっている部分を舐め上げた。

「ここはなんだ?」

陸斗はぶるぶるっと震え、言葉を押し出した。

「大悟さんのもの…」

「そうだ」

煽るように先端を舐められたと思ったら、急に舌が離れてしまう。高められた熱を持て余し、取り残された気分になった。

「大悟さん…?」

彼は近くにいるはずなのに、反応がない。まさか疑った罰として、こんな状態で放っておかれるとか…。

だんだん怖くなってきて、束縛から自由になろうと身をよじる。すると、さっきまで舐められていた部分が、いきなり熱いものに包まれた。

「ひゃあっ…」

陸斗は思わず声をあげ、身をすくませた。足をがっしりつかまれて固定され、熱に覆われながら舌でしゃぶられている。

お湯だ。彼がお湯を含んで銜《くわ》えているのだ。陸斗は激しく首を振った。

「それ、やだっ…！」

神経が大混乱を起こし、どうにかなりそうだ。少しお湯がぬるんでくると、彼が口を離した。

「次は冷たいぞ」

その言葉通り、今度は飛び上がるほど冷たいものに覆われる。ごつごつと当たるものは氷だろう。予告されたからといって、衝撃が弱まるものでもない。

「ひっ、あ、やあっ」

どうしようもない感覚の渦に巻き込まれ、陸斗は喘《あえ》いだ。これが快感だか苦痛だかも、よくわからない。

てしまう。

必死で訴えると、彼が放してくれた。だが、ほっとする間もなく、再び熱いものに覆われ
「やっ、も、放して…っ」

繰り返される行為に、陸斗はもう、死にそうだった。全身が痙攣《けいれん》を起こして、身体がバラバラになりそうな気がする。

やめてほしいと思うのに、腰はうねって感じまくり、怖くて辛いのに、もっと欲しがって奥が疼《うず》いている。

自分の身体が自分のものではなくなり、別のものに変化していくようだ。何か、とんでもないものに。

「やだっ、大悟さん…っ、もう、許しっ…」

ほとんど泣き声になってしまう。彼はいったん口を離し、今度はお湯なしで銜えられた。なだめるように舌で愛撫《あいぶ》され、強く吸われた瞬間、陸斗は達していた。

「あ、ああ…」

がっくりと力が抜けた陸斗の目隠しが取り去られ、両手の縛《いまし》めが解《ほど》かれる。五十嵐が涙に濡《ぬ》れた目元を指で拭《ぬぐ》ってくれた。

「わかったか?」

「な、なにを…?」

「お前は俺から離れられない。お前を本当に感じさせられるのも、イかせられるのも、俺だけだ」

陸斗はまだ潤んだ目で、彼を睨《にら》んだ。

「そんなこと、当たり前です！」

衝撃の残る身体をなんとか起こし、彼の肩に手をかけて押し倒した。まだ服を着たままの彼のファスナーを引き下ろし、有無を言わせず彼のものを引き出す。

それが硬く反応しているのを確認すると、彼によじ登ってまたがり、自ら足を広げて後ろに誘った。

さっきのことで頭のどこかが切れてしまったらしく、ただ彼が欲しいということしか考えられない。

彼は陸斗を、好きなようにすることができる。でも、今度は陸斗の番なのだ。

ぐっと力を入れて腰を下ろし、彼のものを呑み込んでいく。

「あ、あなただって、俺に感じてる。ほかの誰にもやらない。あなたは、俺のものだ」

熱に浮かされたように呟《つぶや》く。

すると、それまで動かずにいた彼が陸斗の腰をつかみ、ふっと笑った。

「そうだ。次に妙なことを考えた時は、それを思い出せ」

力強い手が陸斗をぐっと引き下ろし、より深く貫かれる。陸斗は熱に呑み込まれ、自分から激しく腰を動かしていた。

ようやく狂乱が収まった時、陸斗は彼の腕の中でぐったりしていた。彼が軽く頭を撫でてくれている。

それが気持ちよくて、顔を胸にすり寄せた。

「あの、すみませんでした」

「何が?」

「なんか、興奮しすぎたみたいで…」

彼の胸が上下して、笑ったのがわかった。

「興奮させたのは俺だ。たまにはこういうプレイもいいな」

「俺は普通のでいいです…」

彼が撫でていた手を止め、陸斗の顔を少し上げさせた。

「わかっているか? この関係は、俺よりお前のほうにリスクが高い。まわりに知られれば、お前のキャリアにとってマイナスになる」

陸斗は驚いてしまった。彼がそんなことを考えていたなんて。

「わざわざここへ来たのも、顔が売れ始めたお前とゆっくり過ごしたかったからだ。これからは、もっと用心が必要になるだろう」

陸斗はぐっと唇を噛んだ。

「俺は、あなたとのことが誰にバレてもかまわない。ゲイだってことが、マイナスになるような役者になるつもりはありません。俺はあくまで演技で勝負して、まわりに認めさせるつもりですから」

五十嵐は微笑んで、また陸斗の頭を撫でてくれた。

「いい心がけだ」

「大悟さんの迷惑にならないなら、ほんとは言い触らしたい気分なんです。あなたと仕事する美人女優たちへの牽制《けんせい》になるし」

彼は目を瞬いた。

「俺は今まで、仕事相手に手を出したことはないぞ」

「え…、だって、よく噂になってたじゃないですか」

「ああいうのは、宣伝を兼ねたデマがほとんどだ。言っておくが、俺は共演者とも出演者とも寝たことはない」

「でもあの、だったら、俺は…?」

五十嵐がじっと陸斗を見つめる。あの誘惑の目で。

「お前は俺にとって特別だ。これから先、何があっても」

「大悟さん…!」

陸斗は思わず彼に抱きついていた。それが演技でも、恋人役の台詞でも、もうかまわない。

陸斗にとっては、すべてが真実だから。

できればずっと一生、彼に誘惑されていたかった。

あとがき

こんにちは、洸です。こちらには、初めてお邪魔いたします。

せっかくなので、今回はカッコいい男たちを登場させよう、と思いまして、新進気鋭の映画監督と新人俳優の組み合わせになりました。

ＤＶＤは手軽で便利ですが、私はやっぱり映画館の大画面で見るのが好きで、映画には愛着があります。

元人気俳優の監督はとにかくモテて、本気モードでくどけば、大抵の相手は落としてしまうような男。

対する新人俳優は、かつて彼が主演した映画を見て役者になろうと決心しました。監督は目標とする俳優なのですが、芝居の稽古のために彼を誘惑することに。

憧れの男のくどき文句に腰砕けになりながらも、がんばって誘惑します。

役者だし、映画を撮ってるし、この監督には普段は言えないようなキザな台詞を言わせてやろう、と目論んでいたのですが、カッコいいというより、エロい男になったような気も…。

果たして、どっちが落ちて、どっちが落とされるのか。熱い男たちのバトル（?）をお楽しみください。

挿絵は香坂あきほさんに描いていただきました！

キャララフをいただいた時から、監督がすごくカッコよくて感動してしまいした。ちょっとエロい感じも、イラストで見れば素敵です！

皆さまも、ぜひ堪能してください。

なお、私は「祭り囃子」というサークルに所属しております。イベントなどにもそこで参加してます。　http://www1.odn.ne.jp/matsurib/

ブログもちまちまっと更新しておりますので、お暇な時はのぞいてみてください。

最後になりましたが、読んでいただいた読者の皆さまに、厚く御礼申し上げます。

二〇一二年　初夏　洸

洸先生、香坂あきほ先生へのお便り、
本作品に関するご意見、ご感想などは
〒101-8405
東京都千代田区三崎町2-18-11
二見書房　シャレード文庫
「シナリオにない恋情」係まで。

本作品は書き下ろしです

CHARADE BUNKO

シナリオにない恋情《れんじょう》

【著者】洸《あきら》

【発行所】株式会社二見書房
東京都千代田区三崎町2-18-11
電話　03(3515)2311[営業]
　　　03(3515)2314[編集]
振替　00170-4-2639
【印刷】株式会社堀内印刷所
【製本】ナショナル製本協同組合

ISBN978-4-576-12081-2

http://charade.futami.co.jp/